색으로 떠나는 **세계** 여행

색으로 떠나는 세계 여행

지은이 김선겸
펴낸이 안용백
펴낸곳 (주)넥서스

초판 1쇄 인쇄 2011년 7월 5일
초판 1쇄 발행 2011년 7월 10일

출판신고 1992년 4월 3일 제311-2002-2호
121-840 서울시 마포구 서교동 394-2
Tel (02)330-5500 Fax (02)330-5555

ISBN 978-89-5797-740-8   03810

www.nexusbook.com
넥서스BOOKS는 (주)넥서스의 실용 브랜드입니다.

색으로 떠나는
세계 여행

김선겸 지음

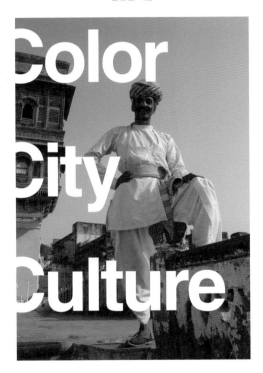

Color

City

Culture

넥서스BOOKS

프롤로그

이상과 현실, 그 접점에서
새로운 세상과 만나다

처음 여행을 떠날 때만 해도 이렇게 오랫동안 길 위의 삶을 살 거란 생각은 하지 못했다. 1989년 어느 날, 책을 보는데 갑자기 세상 밖의 일이 궁금해졌다. 대학 졸업 후, 잠시 회사 생활을 하다 결국 그 세상이 궁금해 1992년 3월에 세계 일주를 떠났다. 그때만 해도 1년만 여행하고 다시 일상으로 돌아갈 생각이었다. 하지만 한 번 궤도를 벗어나니 다시 일상적인 삶으로 되돌아가기가 쉽지 않았다. 세상 밖에 펼쳐진 모습들은 내게 너무나 큰 충격이었다.

찬란한 인류 문명과 동유럽 사회주의의 몰락, 중동의 묘한 신비감 그리고 아시아 인들의 순박한 모습들을 접한 후 세상에 대한 호기심은 갈수록 커져만 갔다. 첫 여행 이후 나는 방에 커다란 세계 지도를 붙여 놓았다. 그때부터 늘 세상 밖으로 나갈 궁리만 해 왔다. 이렇게 해마다 수개월씩을 여행하면서 살아온 삶이 어느덧 20년이 되어 간다.

그동안 정말 많은 곳을 다녔다. 아시아와 유럽, 북·중남미, 아프리카, 오세아니아……. 가 보고 싶었던 곳들을 마음껏 돌아다녔다. 때로는 문명의 발상지를, 때로는 지구촌 오지를 찾아다녔다. 문화 현상에 관심을 갖고 세계의 축제를 찾아다니기도 했고, 아주 작은 마을에서 익명의 존재로 지내기도 했다. 여행을 하는 동안 나는 자유였다. 나는 조르바와 같은 삶을 원했고, 세상의 틀에서 벗어나고 싶었다. 여행에서 돌아왔을 때 나는 주변인이고 경계인에 불과했지만 길 위에 선 순간만큼은 모든 욕심과 번뇌에서 벗어날 수 있었다. 여행은 자유를 갈구하는 나의 영혼을 편안하게 하는 도구였고, 세계와 나를 이어 주는 매개체였다.

물론 여행이 즐겁기만 했던 것은 아니다. 생사를 넘나드는 순간도 여러 차례 있었다. 팔레스타인에서는 시위 장면을 찍다 총탄 세례를 받았고, 파키스탄에선 무장 괴한에게 납치되기 직전에 겨우 벗어나기도 했다. 그리고 남아공에선 백주 대낮에 강도를 당해 가슴을 쓸어내려야 했다. 이렇게 여행이고 뭐고 때려치우고 귀국하고 싶던 적이 한두 번이 아니었다. 그런데 막상 귀국해 보면 얼마 못가 다시 떠나고 싶어 견디질 못했다. 무엇이 나를 이토록 세상 밖으로 나가게 하는지는 아직도 잘 모른다. 어쩌면 갑자기 세상이 보고 싶어 떠났듯이 어느 날 갑자기 여행을 그만둘지도 모른다. 여행이 삶의 일부분이 되고 밥벌이의 수단이 되어 버린 지금, 여행은 내게 더 이상 그 어떤 흥분이나 설렘을 주지 못한다. 그저 삶의 한 모습일 뿐이다. 하지만 일상이 되어 버린 여행하는 이 삶을 앞으로도 묵묵히 살아가고 싶다. 이상과 현실 사이의 접점을 찾아 여행과 벗하며 살아가는 것, 이것은 내가 평생 안고 갈 화두가 될 것이다.

수없이 다닌 여행지 중의 일부를 선별하고 정리했다. 몇 해 전부터 여행지와 색에 대해 관심을 갖기 시작했고, 세상은 색 하나만으로도 충분히 아름다울 수 있다는 것을 알았다. 원래는 각 도시에서 색이 갖는 의미를 좀 더 자세히 설명하고 싶었으나 여행지 자체의 아름다움을 소개하기 위해 딱딱한 내용은 배제하였다. 세상의 모든 도시는 저마다 자신들의 색과 사연을 안고 있다. 여행자들이여! 조금만 귀를 기울이면 도시가 들려주는 아름다운 사연과 색을 만날 수 있을 것이다.

김선겸

차 례

Yellow
Red
White
Green
Gray
Blue

2. 하얀 풍차가 들려주는 에게 해의 신화 _204
미코노스 *그리스

3. 포르투갈 여왕들을 사로잡은 성곽 도시 _222
오비두스 *포르투갈

4. 하늘 아래 첫 땅이 시작되는 곳 _240
히말라야 *네팔 *티베트

프롤로그
이상과 현실, 그 접점에서 새로운 세상과 만나다 _004

Yellow

1. 반 고흐, 아를에서 영혼의 안식을 얻다 _012
아를 *프랑스

2. 노란 치즈 향기에 취하다 _032
알크마르 *네덜란드

3. 컬러풀한 색의 유혹에 빠지다 _056
산크리스토발 데 라스 카사스 *멕시코

4. 레몬과 오렌지로 만들어 내는 동화의 세계 _078
망통 *프랑스

Red

1. 나미브 사막에 불시착하다 _100
나미브 사막 *나미비아

2. 황제의 영광이 깃든 옛 도시를 거닐다 _120
마라케시 *모로코

3. 신의 손길로 빚어낸 붉은 장밋빛 도시 _142
페트라 *요르단

4. 오래된 성벽에서 아드리아 해를 바라보다 _164
두브로브니크 *크로아티아

White

1. 영혼마저 깨끗해지는 순결한 백색 마을 _190
카사레스 *스페인

Green

1. 맨손으로 일군 천국의 계단 _256
롱지티티엔 *중국

2. 태고의 신비를 간직한 숲과 호수를 산책하다 _278
플리트비체 *크로아티아

3. 아름다운 더블린에서 축제를 즐기다 _296
더블린 *아일랜드

Gray

1. 환상 같은 현실이 펼쳐지는 꿈의 도시 _318
아바나 *쿠바

2. 백파이프 선율이 살아 있는 도시의 추억 _338
에든버러 *영국

3. 회색빛으로 가득한 옛 골목을 거닐다 _358
이스탄불 *터키

Blue

1. 다섯 가지 물감이 담긴 신들의 팔레트 _378
지우자이거우 *중국

2. 푸른빛 파도가 넘실대는 골목에서 길을 잃다 _396
조드푸르 *인도

3. 파란 마법의 도시에서 마음을 빼앗기다 _414
쉐프샤우엔 *모로코

에필로그
평범한 일상 속에서 소박한 행복을 느끼다 _432
여행 정보 _436

Yellow

고흐가 사랑한 해바라기의 도시 · 아를

샛노란 치즈 축제의 향연 · 알크마르

원색으로 채색된 컬러풀한 색의 도시 · 산크리스토발 데 라스 카사스

오렌지 빛과 레몬 빛이 물드는 황홀한 축제의 도시 · 망통

반 고흐,

아를에서 영혼의 안식을 얻다

아를
Arles

아를은 고흐가 사랑한 도시이다.

"예전에는 이런 행운을 누려 본 적이 없다. 하늘은 믿을 수 없을 만큼 파랗고 태양은 유황빛으로

반짝인다. 천상에서나 볼 수 있을 듯한 푸른색과 노란색은 얼마나 부드럽고 매혹적인지……"

고흐가 동생 테오에게 보낸 편지에는 그가 느낀 아를에 대한 감정이 고스란히 담겨 있다. 고흐는

아를에서 상처 입은 몸과 영혼을 추스르며 세상을 깜짝 놀라게 할 명작들을 남겼다.

고흐를 처음으로 만난 것은 런던의 내셔널 갤러리에서였다. 충격적일 만큼 눈부신 색채로 표현된 〈해바라기〉 앞에서 나는 한동안 발걸음을 옮기지 못했다. 고흐의 정신 상태를 표현한 것으로 여겨지는 강렬하게 빛나는 노란색이 유난히 내 시선을 붙들었다. 미술책에서는 느낄 수 없었던 묘한 흥분이 밀려 왔다. 그림 속에는 생명이 담겨 있는 것 같았다. 그렇게 나는 고흐와 처음 만났다. 하지만 아를에 가야겠다는 생각을 하게 된 것은 오베르 쉬르 오와즈를 다녀온 다음이었다. 고흐가 생의 마지막을 보냈던 파리 인근의 작은 마을, 오베르 쉬르 오와즈. 그곳에는 지금도 고흐가 머물던 여인숙이 남아 있다. 한 평 남짓한 공간에 딸랑 침대 하나만 놓여 있는 그의 방을 보며 나는 짙은 연민에 빠졌다. 천재 화가의 삶이 이토록 힘겨웠다니. 그는 이 좁은 방에서 정신병과 외로움에 고통을 받으면서도 마지막 예술혼을 불태웠다. 초라한 그의 방과 무덤을 본 후 문득 고흐가 가장 행복한 시간을 보냈다는 아를에 가고 싶어졌다.

나는 해바라기가 흐드러지게 필 무렵 TGV에 몸을 실었다. 지금은 파리에서 TGV를 타면 몇 시간 만에 아를에 도착하지만, 고흐는 몇 날이나 걸려서 아를에 도착했으리라. 아를은 프랑스 남부에 있는 프로방스의 작은 도시이다. 알퐁스 도데의 희곡 〈아를의 여인〉과 비제의 가곡 〈아를의 여인〉의 무대로 잘 알려진 곳으로 햇살이 가득한 태양의 도시이다. 1888년 2월 20일, 고흐는 하얗게 눈 내린 아를에 도착했다. 당시 고흐는 파리에서의 생활에 지쳐 있었다. 그는 화가로서 누구도 자신을 알아주지 않는 파리에서의 우울한 생활을 청산하고자 했다. 고흐는 지칠 대로 지친 몸을 치유하고 새롭게 창작 의욕을 고취할 곳이 필요했다. 그래서 택한 곳이 아를이었다. 고흐에게 아를의 강렬한 햇볕과 색채는 상처 입은 영혼을 위로하고 화풍에 생기를 불어넣을 유일한 탈출구처럼 여겨졌다. 고흐는 아를에 도착하자마자 곧 전원생활과 찬란한 태양에 매료되었다. 고흐가 아를에 머문 기간은 15개월에 불과했지만 고흐는 이 짧은 기간 동안 200여 점이 넘는 작품을 그리며 예술적으로 가장 화려한 나날을 보냈다.

아를에서 내가 가장 먼저 마주한 것은 고흐가 아니라 아를의 오랜 역사였다. 아를은 원래 로마의 식민지 거점 도시로 '갈리아의 작은 로마'라 불릴 정도로 로마 제국의 색채가 짙게 배어 있는 곳이다. 로마 인들은 고흐보다 2천 년이나 앞서 아를의 햇살과 풍경을 동경해 이곳에 원형 경기장과 고대 극장 등 많은 유적을 남겼다. 역에서 10분 남짓 걸어가니 웅장한 원형 경기장이 보였다. 기원전 1세기에 건립되었다는 이 경기장은 로마 시대의 프로방스 유물 중에서 가장 잘 보존된 것 중 하나로, 도리아식과 코린트식 기둥이 떠받치고 있는 2층 구조로 이루어져 있다. 한 번에 2만 명 정도를 수용할 수 있는 이 경기장은 로마 시대 때 검투사들이 목숨을 걸고 싸움을 벌이던 죽음의 공간이다. 고흐는 이곳에서 종종 투우 경기를 보았는데, 투우를 보고 열광하는 사람들을 묘사한 〈투우를 즐기는 사람들〉을 그리기도 했다. 이 그림을 보면 고흐가 아를과 프로방

스의 생활에 도취되었음을 짐작할 수 있다. 경기장 2층으로 올라가면 론 강과 아를 시내가 한눈에 보인다. 3, 4층짜리 건물들이 다닥다닥 붙어 있는 모습은 한적한 시골 풍경답다.

경기장 옆에는 반 고흐 재단이 있다. 작은 규모의 3층 건물인데 1층은 안내소와 기념품 가게가 있고, 2층은 생전 그대로 재현해 놓은 고흐의 방이 있다. 작고 소박한 곳이지만 고흐를 사랑하는 사람이라면 필수적으로 들르는 곳이다. 지도에는 고흐의 작품 무대가 되었던 곳이 모두 표시되어 있어 어렵지 않게 고흐와 만날 수 있다. 이 지도를 보고 보물찾기를 하듯 고흐의 흔적을 찾다 보면 저절로 아를을 구석구석까지 여행할 수 있게 된다. 경기장과 반 고흐 재단을 돌아본 후 본격적으로 고흐의 흔적을 찾아 나섰다. 고흐가 화려한 예술혼을 꽃피웠던 아를의 시가지를 걷는 것만으로도 말할 수 없는 감동이 밀려왔다. 고흐가 걸었을 그 길을 내가 걷고 있다고 생각하니 사소한 골목길과 건물 그리고 거리에 놓인 화분 하나까지 사랑스럽게 보였다.

먼저 〈밤의 카페 테라스〉의 무대를 찾았다. 지금은 반 고흐 카페로 이용되고 있는 이곳은 대낮인데도 사람들로 북적이고 있었다. 그림에서처럼 노란 차양이 있는 노천카페를 그대로 재현해 놓았지만 별다른 감흥은 느껴지지 않았다. 그림 속에서는 별이 반짝이는 파란 하늘과 강렬한 노란색의 차양, 게다가 테이블에 앉아 여유를 즐기는 사람들의 모습까지 얼마나 운치 있었던가?

아무래도 반 고흐 카페는 낮보다는 해가 이슥해지고 가로등 조명이 아련할 때 찾는 것이 좋을 듯했다. 만약 아를에 갈 계획이라면 '밤의 카페 테라스'는 꼭 밤에 가 보기를……

고흐는 노란색의 화가이다. 고흐의 노란색은 사람을 흥분시키는 묘한 힘을 가졌다. 그러나 고흐가 처음부터 노란색을 사용한 것은 아니다. 네덜란드에 머물 때는 어두운 색을 많이 이용했지만 아를로 옮기면서 노란색을 많이 사용하기 시작했다. 특히 말년에는 캔버스 전체가 강렬한 노란색 터치에 휩싸일 정도였다. 고흐는 아를에서 눈부신 색채감을 발산했다. 태양을 닮은 노란색에서 고흐는 희망을 보았고, 광기 어린 예술혼을 뿜어냈다. 아를은 고흐의 노란색과 참 잘 어울리는 도시이다. 눈앞에 보이는 모든 사물이 노란빛을 머금고 다시 태어난다. 그래서인지 아를의 골목에는 노란색이 유난히 많다. 노란 벽과 창문, 카페의 차양은 물론 심지어 햇살조차도 노란색을 머금고 있다.

나는 고흐가 수없이 걸어 다녔던 구시가지 골목을 따라 에스파스 반 고흐(Espace Van Gogh)로 향했다. 정신병에 시달리던 고흐가 요양하던 에스파스 반 고흐는 내가 가장 가고 싶었던 곳이다. 평생 외롭고 쓸쓸하게 살았던 그의 고뇌를 느껴 보고 싶었기 때문이다. 옅은 노란색이 인상적인 건물 안으로 들어가니 꽃이 만발한 정원이 펼쳐졌다. 그림과 똑같은 풍경이었다.

POTERIE ARTISANALE DE PROVENCE

CIGALE QUI CHANTE "RADAR" 24F

FABRICATION F...

CIGALE QUI CHANTE APPUYEZ-MOI SUR LE VENTRE POUR QUE JE CHANTE 13F

아를에서 활발한 작품 활동을 벌이던 고흐는 고갱과의 불화와 자신을 끊임없이 괴롭히던 정서적 불안으로 고통을 받았다. 1888년 12월 23일, 고흐는 결국 정신 착란증을 일으켜 자신의 귀를 잘랐고 얼마 뒤 이곳에 입원했다. 고흐는 병원에 머물면서도 그림을 그렸다. 그림이야말로 자신을 치료하는 유일한 약이라고 생각했던 고흐는 그림을 그리지 못한다면 상태가 나아지기 힘들 것이라고 생각했다. 고흐는 이곳에서 병원과 정원의 풍경을 담은 〈아를 요양원의 정원〉을 그렸다. 정원 한쪽에는 그가 남긴 그림이 붙어 있는 팻말이 놓여 있어 당시의 풍경을 가늠해 볼 수 있다. 요양원을 돌아보는 내내 미친 듯이 그림을 사랑했던 고흐의 삶이 떠올라 마음이 착잡했다. 그러면서도 한편으로는 가난과 고독 그리고 자살로 막을 내린 고흐의 드라마틱한 삶이 그의 천재성과 어우러지면서 더욱 많은 사랑을 받는 것인지도 모르겠다는 생각이 들었다.

시내로 돌아와 론 강으로 향했다. 〈아를의 별이 빛나는 밤〉의 무대가 되었던 곳이다. 고흐는 별이 반짝이는 밤하늘은 늘 자신을 꿈꾸게 한다고 말했다. 그래서인지 그의 그림에는 별이 빛나는 밤하늘의 풍경이 자주 묘사되어 있다. 햇살에 반짝이는 론 강변 한쪽에는 요트와 유람선이 정박해 있었다. 적막하면서도 낭만적인 풍경이었다. 강변 산책로에는 가로등이 줄지어 있었다. 지금이야 이렇게 가로등이 있지만 당시 고흐는 어떻게 밤하늘의 풍경을 그릴 수 있었을까? 촛불을 켜고 그렸을 수도 있겠다. 촛불 속의 밤하늘이라……. 생각만 해도 매혹적이다. 강가에 앉아 고흐를 생각했다. 평생을 가난과 고독, 외로움과 싸웠던 비운의 천재 화가. 살아생전 단 한 점밖에 그림을 팔지 못했을 정도로 세상은 그를 알아주지 않았다. "이 모든 것이 끝났으면 좋겠다."라는 그의 마지막 말은 어쩌면 그에 대한 절망이었을지 모른다. 하지만 하늘나라에서는 더 이상 외롭지 않을 것이다. 많은 사람이 그의 작품을 사랑하고 있으니……. 문득 해바라기가 떠올랐다. 프로방스 들판에서 보았던 밝고 강렬한 노란빛의 해바라기가…….

노란 치즈 향기에 취하다

알크마르
Alkmaar

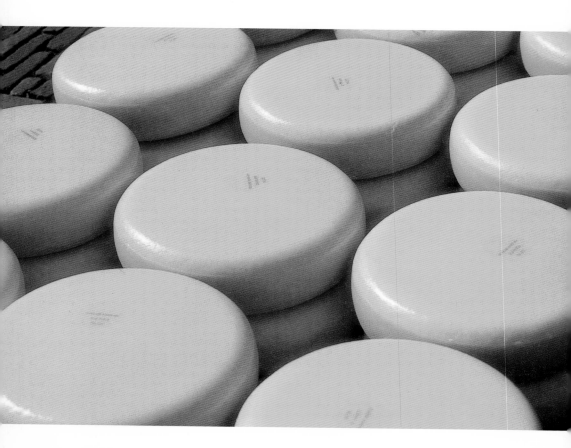

강렬한 색감을 자랑하는 노란 치즈가 광장 곳곳에 놓여 있다. 빨간색, 노란색, 초록색, 파란색 모

자에 흰 옷을 입은 남자들이 거대한 치즈를 들것에 싣고 분주히 움직인다. 관광객들은 쉴 새 없이

카메라 셔터를 눌러 댄다. 수백 년을 이어오고 있는 알크마르 치즈 마켓의 풍경이다.

창밖으로 펼쳐지는 풍경이 참 아름답다. 드넓게 펼쳐진 풀밭 위에서 양떼와 젖소들이 한가롭게 풀을 뜯고 있다. 얼마나 평화롭고 목가적인지 보고 있기만 해도 절로 기분이 좋아진다. 나는 지금 알크마르로 가는 중이다. 유럽에서 가장 유명한 치즈 마켓이 열리는 알크마르는 꼭 한 번 가보고 싶던 도시였다. 언젠가 사진 속에 노란색 치즈가 놓여 있는 모습을 보는 순간 가슴이 설레었다. 치즈만으로 이렇게 멋진 풍경을 연출할 수 있다는 것이 믿어지지 않았다.

암스테르담에서 출발한 기차는 40분 만에 알크마르에 도착했다. 기차에 탄 승객들의 대다수가 알크마르에서 내렸다. 그들을 따라 서둘러 역 밖으로 나갔다. 역 광장에는 흰 모자를 쓰고 파란 줄무늬 블라우스에 붉은 치마를 입은 아가씨가 팸플릿을 나눠 주며 치즈 마켓을 홍보하고 있었다. 기차에서 내린 인파를 따라 10분 남짓 걸어가니 시내 중심지가 나왔다. 의류와 화장품 가게, 예쁜 카페, 성당, 선물 가게가 밀집한 쇼핑 거리를 지나 운하를 따라가니 치즈 마켓이 열리는 바흐 광장이 나왔다. 치즈 마켓은 4월 중순부터 9월 중순까지 매주 금요일 오전 10시에서 12시까지 열린다. 광장은 이미 관광객으로 꽉 들어차 있었다. 평소에는 한적한 이 작은 도시가 치즈 마켓이 열리는 날이면 세계 각국에서 온 여행자로 북적인다.

오전 10시가 되자 드디어 경매가 시작되었다. 사회자가 영어, 독일어, 프랑스 어, 네덜란드 어 등으로 경매의 시작을 알렸다. 중세부터 이어진 치즈 경매에는 다른 나라 상인들도 참여했기 때문에 여러 언어에 능통하지 못하면 경매를 진행하지 못했을 것이다. 광장 둘레로는 사람들의 접근을 막기 위해 낮은 펜스가 쳐 있었고, 중앙에는 치즈 덩어리가 가득 놓여 있었다. 평생 이렇게 많은 치즈는 처음이었다. 노란색 치즈가 어찌나 고운지 군침이 절로 돌았다. 노란색이 진할수록 숙성이 잘된 치즈라고 했다. 광장의 치즈들은 샛노란색과 오렌지색을 띠었다. 퀴퀴한 치즈 냄새가 진동했지만 이조차도 정겨웠다. 광장에 놓인 노란 치즈가 파란 하늘과 대비를 이루며 더욱 선명한 색채의 아름다움을 보여 주었다.

사회자의 안내가 끝나자 흰 가운을 입은 감별사들이 치즈의 냄새를 맡거나 맛을 보며 치즈의 품질 상태를 조사했다. 감별이 끝난 치즈는 2인 1조의 운반원에 의해 계량소로 옮겨졌다. 중세 시대 치즈 길드에서 유래된 알크마르 운송 조합은 6~7명으로 구성된 4개의 그룹으로 나뉘는데 그룹별로 색깔을 나누어 소속을 나타낸다. 운송 조합원들은 모두 흰 옷을 입고 조합 색깔의 밀짚모자를 쓴다. 운반 도구도 같은 색이다.

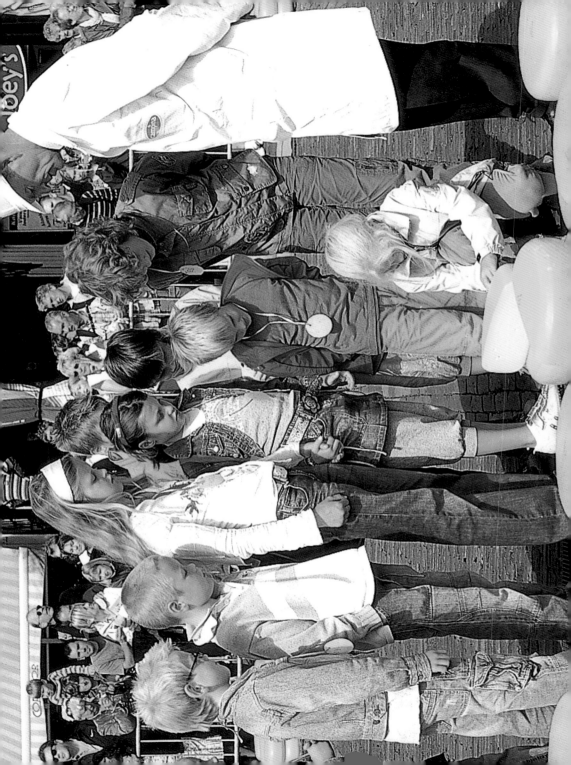

치즈 마켓의 가장 큰 볼거리는 운송 조합원들이 중세 시대에 사용하던 운송 도구로 치즈를 옮기는 과정이다. 커다란 치즈 덩어리를 들것에 싣고 뒤뚱거리며 계량소로 운반하는 모습은 웃음이 터질 정도로 익살스럽다. 치즈 덩어리 하나의 무게가 13.5kg 정도 되는데 한 번에 8개의 치즈를 옮긴다. 두 사람이 100kg이 훨씬 넘는 운송 도구를 메고 정상적인 걸음으로 걷기는 꽤 힘들어 보였다. 게다가 서로 보조를 맞추기 위해 손을 좌우로 크게 흔들기 때문에 몸짓이 과장되어 아주 우스꽝스러웠다. 치즈 운반은 쉬운 것 같지만 두 사람이 보조를 맞추지 않으면 잘 걸을 수 없기 때문에 한 발 한 발 균형을 맞추기 위해 좀 더 숙련된 사람이 뒤편에 선다. 계량소에서 흥정이 끝나면 파는 사람과 사는 사람은 정해진 방식대로 오른손을 마주치며 거래가 성립되었음을 확인한다.

경매가 진행되는 동안 전통 의상을 입은 아가씨들은 치즈와 관련한 책자를 팔거나 관광객을 위해 치즈를 들고 포즈를 취한다. 치즈 아가씨들은 하얀 모자에 파란 줄무늬 블라우스와 빨간 치마를 입었는데 네덜란드 국기의 흰색, 파란색, 빨간색을 의미하는 것이라고 했다. 풍차가 그려져 있는 치마를 입고 나막신을 신은 그녀들의 패션이 앙증맞았다. 환하게 웃는 아가씨들의 모습이 치즈와 무척 잘 어울려서 셔터를 대충 눌러도 엽서의 한 장면처럼 예쁘게 나왔다.

부지런히 셔터를 누르는데 한 아가씨가 치즈 덩어리를 들어 보라며 건넸다. 무심코 받았다가 생각보다 무거워 하마터면 떨어뜨릴 뻔했다. 치즈 한 덩어리가 이렇게 무겁다니 믿기지가 않았다. 경매가 끝나 갈 때쯤 운송 조합원들이 운반 도구에 치즈 대신 어린이들을 태우고 광장을 돌았다. 아이들을 태우고 뒤뚱거리며 걷는 모습에 여기저기서 웃음이 터져 나왔다. 개구쟁이 아이들은 저마다 손을 들어 자신들도 태워 달라고 외쳐댔다. 한쪽에서는 광장에 진열된 치즈에 대해 설명해 주기도 하고 관광객에게 치즈를 운반할 수 있는 기회를 주기도 했다. 과거와 달리 오늘날의 치즈 시장은 관광객 유치를 위한 이벤트적인 성격이 많이 가미되었다. 치즈 경매 하나로 이렇게 많은 관광객을 불러들일 수 있다니. 잘 보존된 전통문화의 힘이 얼마나 큰지 새삼 느낄 수 있었다.

계량소 2층에는 치즈 박물관이 있었다. 규모는 작지만 치즈 산업과 관련된 사진, 제조 공정, 치즈를 만들 때 사용하는 도구 등을 전시해 놓았다. 에담(Edam) 치즈의 모형도 전시되어 있는데 몇 십 년 전까지만 해도 치즈 마켓에서 주로 거래되던 치즈는 지금처럼 하우다 치즈가 아니고 에담 치즈였다고 한다. 박물관 창문에서는 광장 전체가 시원하게 보여서 치즈 경매 과정을 한눈에 내려다볼 수 있다.

경매가 열리는 동안 광장 주변에는 치즈와 나막신, 꽃, 그림, 마그네틱 장식품 등 각종 기념품을 판매하는 노점이 즐비하게 늘어섰다. 노점이라고 물건의 질이 떨어질 것이라고 생각하면 큰 오산이다. 나막신을 비롯한 기념품들은 대개 수작업으로 제작한 것이다. 관광객이 보는 앞에서 직접 만들기도 해서 보는 즐거움이 쏠쏠했다. 기념품 중 여행자에게 가장 인기 있는 것은 광장에서 실컷 보았던 치즈이다. 경매에 나왔던 대형 치즈가 아닌 주먹만 한 동그란 수제 치즈들이 순식간에 팔려 나갔다. 즉석에서 잘게 조각을 내서 판매를 하기도 했다. 작은 조각을 하나 사서 물어 보니 치즈 냄새가 코끝에 확 밀려왔다. 맛과 향이 모두 강했다. 언젠가 그리스에서 하얀색 페타 치즈 덩어리를 먹고 질렸던 적이 있어 한동안 치즈를 먹지 않았는데 알크마르의 치즈는 입맛에 잘 맞았다.

12시가 넘어가자 광장에 쌓여 있던 치즈도 줄고, 사람들도 부쩍 줄었다. 파장분위기였다. 경매가 끝나자 광장의 모습은 순식간에 바뀌었다. 광장에는 치즈 대신에 노천카페가 들어섰다. 카페에 앉아 맥주 한 잔을 주문했다. 따뜻한 봄 햇살을 맞으며 맥주를 마시는 기분이 참 좋았다. 유럽에 처음 갔을 때 가장 부러웠던 것 중 하나가 이런 광장 문화였다. 노천카페에 앉아 커피나 맥주를 마시는 사람들의 모습에서 웬지 모르게 유럽 인들의 삶이 여유롭고 윤택하게만 느껴졌다. 항상 '빨리 빨리' 문화에 길들여져 있어서 그런지 느리게 사는 그들의 모습이 한없이 부러웠다.

술기운에 몸이 나른해졌다. 노천카페에서 일어나 운하 쪽으로 향했다. 알크마르 역시 암스테르담과 마찬가지로 운하의 도시이다. 운하를 따라 중세풍의 예쁜 집들이 즐비하고 운하에는 유람선이 유유히 떠가고 있었다. 운하 주변의 골목으로 들어가자 의외로 매혹적인 풍경이 펼쳐졌다. 아기자기한 카페와 꽃 가게, 치즈 가게 등 개성 있는 상점들이 군데군데 보물처럼 숨어 있었다. 카메라 앵글을 들이대며 골목길을 걷다 보니 대도시에서 느낄 수 없는 고즈넉한 멋이 느껴졌다. 정겨운 풍경에 반해 아무 생각 없이 골목길을 걷고 또 걸었다.

컬러풀한 색의 유혹에 빠지다

산크리스토발 데 라스 카사스
San Cristobal de las Casas

산크리스토발 데 라스 카사스. 이름조차 외우기 힘든 이 도시는 보면 볼수록 깊은 마력에 빠져든

다. 몽롱한 듯 화려한 원색의 색감과 순박한 인디오들이 주는 강렬한 이미지는 보는 이의 감성을

단순에 사로잡아 버린다. 노랑, 파랑, 빨강, 초록…… 오묘한 색의 마술이 펼쳐진 환상의 도시,

그곳이 바로 산크리스토발 데 라스 카사스이다.

여행을 하다 보면 오래도록 머물고 싶은 도시가 있다. 그런 도시에 있으면 왠지 마음이 편안해
진다. 산크리스토발 데 라스 카사스는 중남미를 여행해 본 사람이라면 누구나 사랑하는 도시이
다. 여행에 지친 몸과 마음은 물론 상처 입은 영혼마저도 치유할 수 있을 것 같은 곳이기 때문이
다. 세상에 아름다운 도시는 많지만 이렇게 편안함을 주는 도시는 많지 않다. 아무리 예쁘고 볼
거리가 많은 도시라 하더라도 물가가 비싸거나 치안이 좋지 않으면 여행자들은 미련 없이 떠나
고 만다. 또 너무 복잡하거나 편의 시설이 열악해도 오래 머물고 싶은 생각이 들지 않는다. 여행
자들이 오래 머물고 싶어 하는 도시는 대개 물가가 싸고 치안과 볼거리, 분위기, 편의 시설이 모
두 잘 갖춰진 곳이다. 여행자들은 누가 알려 주지 않아도 본능적으로 그런 도시로 모여든다. 멕
시코 치아파스 주의 작은 도시, 산크리스토발 데 라스 카사스가 바로 그런 도시이다.

산크리스토발 데 라스 카사스에 도착한 순간 홀딱 반해 버렸다. 운치 있는 골목과 평온한 분위
기가 마음에 들었고, 식민지 시대의 고풍스런 집과 나른한 분위기도 마음에 들었다. 무엇보다도
사방을 물들이고 있는 화려한 색이 나를 홀렸다. 멕시코 특유의 건조한 공기와 강렬한 햇살이
붉은색과 파란색, 노란색, 흰색, 주황색 등 형형색색으로 채색된 도시의 화려함에 날개를 달아
주는 것 같았다. 색의 향연에 도취되었기 때문인지 콜로니얼 시대의 건축물 또한 밝고 화사해
보였다. 6백 년이라는 시간의 흐름은 단지 산술적인 숫자에 불과하다는 듯 과거와 현재가 혼합

되어 몽환적인 세련미를 풍겼다. 마치 색의 마술에 빠져 드는 것 같았다. 중남미를 여행하면서
이렇게 멋진 도시는 처음이었다. 색 하나만으로도 이런 감동을 받을 수 있다는 것이 신기했다.

나는 특별한 목적지 없이 골목을 걸었다. 원색으로 채색된 벽과 주황색 지붕이 강렬한 시각적
감흥을 전해 주었다. 골목을 돌 때마다 오색 빛깔로 칠해진 가게와 카페, 호텔, 교회 등이 나타났
다. 골목 사이사이에 서 있는 앙증맞은 폭스바겐은 원색의 건물과 어우러져 더욱 멋진 색감을
뽐냈다. 골목 곳곳에 식민지 시대의 저택들이 있으나 대부분 호텔로 개조되었다. 옛 저택의 구
조가 궁금해 별이 네 개 붙은 호텔로 들어갔다. 내부는 밖에서 보던 것과는 완전히 딴판이었다.
화분이 잔뜩 놓인 정사각형의 작은 정원과 분수가 있고, 객실은 광장을 따라 사방으로 놓여 있
었다. 꼭 스페인 안달루시아 지방에서 보던 건물의 형태와 비슷했다. 아담하면서도 조용한 분위
기가 무척 마음에 들었다. 이곳에 앉아 있으면 밖에서 무슨 일이 일어나도 모를 것 같았다. 마치
도심 속에 숨겨진 공원과도 같은 분위기였다. 정원의 테이블에 앉아 차를 마시며 쉬다 보니 행
복한 기운이 절로 밀려왔다. 여행을 다니지 않았으면 절대로 느낄 수 없는 행복감이었다.

해가 어스름할 무렵 중앙 광장으로 향했다. 1528년에 형성된 산크리스토발 데 라스 카사스에는 스페인 식민지 시대의 건축물이 많이 남아 있다. 그중 가장 대표적인 곳이 중앙 광장에 있는 대성당이다. 바로크 양식의 이 성당은 산크리스토발 데 라스 카사스의 상징적인 존재로 도시를 소개하는 엽서에 빠짐없이 등장한다. 성당 앞의 광장에는 이미 많은 사람이 모여 해가 떨어지기를 기다리고 있었다. 저글링이나 나무 스틱으로 묘기를 부리는 히피 스타일의 유럽 여행자도 여럿 보였다. 잠시 후 해가 떨어지기 시작했다. 태양의 붉은 기운을 받아 샛노란 색으로 변하는 그 모습은 마치 오묘한 색의 마술을 보는 듯한 느낌이었다. 인간의 손길이 전혀 가미되지 않은, 오로지 빛과 색이 만들어 내는 그 찰나의 순간은 나를 황홀경에 빠뜨렸다. 그때의 순간을 지금도 잊을 수 없다. 산크리스토발 데 라스 카사스는 총천연색을 간직한 도시이지만, 그 어떤 색보다 노란색이 더 강렬하게 와 닿은 것은 바로 그때의 느낌 때문이었다. 그 강렬한 이미지가 내게 산크리스토발 데 라스 카사스를 노란색의 도시로 각인시켰다.

다음날 다시 중앙 광장으로 향했다. 광장 앞의 십자가 계단에 앉아 지나가는 사람들을 쳐다보았다. 아이스크림을 파는 사람, 장바구니에 채소를 사서 돌아가는 인디오 여인, 기념품을 팔기 위해 돌아다니는 사람, 사진기를 들고 돌아다니는 관광객 등이 뒤얽히며 쉴 새 없이 스쳐 지나갔다. 산크리스토발 데 라스 카사스 주변에는 옛 생활을 그대로 유지하고 사는 인디오 마을이 많은데, 바로 이 도시가 그들의 교역 중심지 역할을 하고 있었다. 그래서인지 화려한 전통 의상을 입고 거리를 활보하는 원주민이 많았다. 그저 한가로이 앉아 그들을 구경하는 것만으로도 행복했다. 여행이 직업이 되어 버린 이후 가끔 무엇을 보러 다니는 것이 버겁고 힘들 때가 있다. 그럴 때면 이렇게 거리나 노천카페에 앉아 할 일 없이 지나가는 사람들을 구경하곤 한다. 여행이든 삶이든 너무 빠르게 돌아가면 결국은 지치게 마련이다. 그래서 가끔은 이렇게 느긋한 시간이 필요하다.

중앙 광장에서 북쪽으로 10분 정도 걸어가니 산토도밍고 교회가 나왔다. 이 교회는 산크리스토발 데 라스 카사스에서 가장 큰 교회인데 계속되는 증축으로 본래의 아름다움을 잃고 이상한 구조가 되어 있었다. 교회 앞에서는 인디오들의 재래시장이 열렸다. 선명한 민속 의상을 차려입고 직물이나 자수, 해먹, 기념품 등을 파는 그들의 모습에서 식민지 도시 속의 토속적인 매력을 느낄 수 있었다. 시장에서 파는 갖가지 민예품들은 멕시코에서도 손꼽힐 정도로 뛰어난 수공예품이 많아 관광객으로부터 꾸준한 사랑을 받는다. 그중에 특이한 것이 눈에 들어왔다. 검은 복면을 쓰고 날카로운 눈을 내놓은 채 총을 들고 있는 인형이었다. 내가 관심을 보이자 물건을 파는 인디오 여인이 말했다.

Restaurante-Bar
&
Cybercafe

"사파티스타야. 우리들의 영웅이지. 그들을 지지하는 의미에서 인형을 파는 거야."

산크리스토발 데 라스 카사스는 사파티스타 민족 해방군이 처음으로 봉기한 도시이다. 1994년 1월 1일, 마르코스를 사령관으로 하는 사파티스타 해방군은 권력과 자원을 소수의 부자에게서 가난한 다수에게 재분배하자며 산크리스토발 데 라스 카사스를 점령했다. 이들은 정부군의 공세에 밀려 휴전을 맺고 다시 정글로 돌아갔지만 스페인 식민 시절부터 억압과 착취를 받아 왔던 인디오들에게는 구세주와도 같은 존재였다. 천천히 시장을 돌아보니 인형뿐만이 아니었다. 마르코스의 얼굴을 새긴 머그컵, 엽서, 티셔츠 등이 보였다. 사파티스타의 기념품을 파는 것은 그들을 지지하기 위한 것도 있겠지만 생계의 목적도 커 보였다. 쿠바에서 체 게바라의 얼굴이 새겨진 기념품이 팔리는 것과 마찬가지였다. 사파티스타 혁명이 상품화되어 버린 느낌이라 씁쓸하면서도 이해도 되었다. 가난한 인디오들에게 삶은 현실이고, 혁명은 저 멀리 있었다.

산크리스토발 데 라스 카사스는 천천히 걸어도 반나절이면 돌아볼 수 있는 도시이다. 그러나 이 도시를 하루 만에 떠날 용기를 지닌 여행자는 그리 많지 않다. 아름다운 식민지풍 시가지와 화려한 색채, 손상되지 않은 자연에 푹 빠진 여행자들은 이곳에 오랫동안 머물며 어릴 적 동화책 속에서나 봤음직한 마을에 머물고 있는 듯한 환상에 빠져든다. 도시 전체가 한 폭의 아름다운 풍경화를 연상케 하는 산크리스토발 데 라스 카사스. 그곳의 골목을 걷다 보면 답답한 도시의 모든 기억이 멈추고, 오직 휴식과 자유라는 글자만이 가슴속에 새겨지게 된다.

레몬과 오렌지로 만들어 내는

동화의 세계

망통
Menton

프랑스 남부 코트다쥐르의 작은 도시, 망통. 이곳은 레몬의 도시이다. 건물도, 도시의 상징도, 강

렬한 햇살도 모두 노란 레몬 빛을 머금고 있다. 도시를 떠도는 공기와 지중해에서 불어오는 시원

한 바람에서도 싱그러운 레몬 향이 실려 온다. 매년 2월경, 이 작은 도시를 들뜨게 하는 세계적인

레몬 축제가 열린다.

망통으로 가는 완행열차의 창밖으로 지중해의 아름다운 풍경이 펼쳐진다. 구불구불한 해안선을 따라 숨겨진 해변과 코발트블루 빛의 바다가 시원스레 보인다. 간혹 그림처럼 자리 잡고 있는 호화로운 빌라와 요트가 바위 절벽과 어우러지며 낭만적인 풍경을 자아낸다. 동해안 7번 국도를 닮은 모습이라고나 할까? 창밖으로 펼쳐지는 그 멋진 풍경에 내 마음은 이미 쿵쾅거리기 시작했다. 니스에서 기차를 탄 지 40분 만에 망통에 도착했다. 하늘에는 구름 한 점 없었다. 공기는 선선했고 날씨는 따뜻했다. 얼마나 기다리던 날씨인가. 3년간 축제 때마다 찾았던 망통은 올 때마다 비가 내리거나 날씨가 흐렸다.

레몬과 오렌지는 빛을 받아야 그 색이 산다. 지중해의 맑은 빛을 받아 샛노랗게 빛날 때의 그 모습을 봐야 비로소 망통 레몬 축제의 참맛을 느낄 수 있다. 한 번도 보지 못한 그 빛이 아쉬워 다시 망통을 찾았다.

망통은 니스에서 동쪽으로 28km 떨어져 있는 아름다운 해안 도시로 이탈리아와 국경을 접하고 있다. 우리나라로 치면 해변을 끼고 있는 읍 정도의 아담한 도시로 어촌 분위기가 물씬 풍기는 곳이다. 망통은 19세기에 빅토리아 여왕과 장 콕토를 비롯한 유명한 작가와 시인들이 찾으면서 코트다쥐르의 대표적인 휴양 도시로 발돋움했다. 하지만 망통이 세계적으로 널리 알려지게 된 것은 매년 2월경에 열리는 레몬 축제 때문이다. 망통은 지중해의 따뜻한 기후 덕으로 유럽 최대의 레몬 산지가 될 수 있었다. 망통에서 생산되는 레몬은 맛과 향이 좋기로 유명해서 예로부터 이 고장 사람들은 레몬에 대한 자부심이 대단하다. 망통이 레몬의 도시인 만큼 노란색은 망통의 상징이다. 도시의 모든 엠블럼이나 그래픽, 공식 서류 등에 모두 레몬이 들어갈 정도이다.

망통은 한적했다. 니스나 모나코에서 보던 화려함이 전혀 없었다. 시골 도시 특유의 조용하면서도 전원적인 분위기가 마음에 들었다. 복잡한 니스에서 와서 그런지 더욱 그런 느낌이 들었다. 거리에는 레몬과 오렌지 나무가 가로수로 심겨 있었다. 나무에는 레몬과 오렌지가 주렁주렁 매달려 있어 이국적인 분위기를 자아냈다. 아직 겨울이건만 지중해의 따사로운 햇살이 봄날의 풋풋함을 느끼게 했다. 축제 기간이라 그런지 거리에는 레몬과 오렌지를 쌓아 놓고 파는 사람들이 종종 보였다. 역에서 10분 남짓 걸었을까? 레몬 축제가 열리는 비오베 정원(Jardin Bioves)이 나타났다. 정원 주변은 축제를 보러 온 관광객으로 붐볐다. 레몬 축제가 조용한 시골 도시에 활기를 불어넣고 있었다.

정원 입구에는 축제를 알리듯 레몬과 오렌지를 이용해 멋진 장식을 만들어 놓았다. 정원으로 들어서자 화사한 꽃 장식이 반갑게 맞이했다. 기분 좋은 환대였다. 정원은 온통 레몬과 오렌지의 물결이었다. 레몬과 오렌지로 만든 커다란 조형물이 곳곳에 놓여 있어 보기만 해도 상큼했다.

언젠가 눈으로 마시는 맥주라는 광고가 유행한 적이 있었는데, 꼭 눈으로 새콤한 비타민을 마시는 느낌이었다. 날씨도 좋아서 조형물이 빛을 받아 반짝였다. 거대한 조개, 거북이, 집, 성채, 해적선, 화산, 공룡 등 다양한 조형물이 눈길을 끌었다. 레몬 축제의 조형물들은 〈피노키오〉나 〈이상한 나라의 앨리스〉 등 세계적으로 잘 알려진 동화나 만화 또는 특정 국가 등을 테마로 한다. 130톤에 달하는 레몬과 오렌지는 동화라는 테마와 만나 조형물로 만들어져 비오베 정원을 환상의 세계로 만들었다. 레몬과 과일만으로 이렇게 멋진 조형물을 만들 수 있다니! 보면서도 쉽게 믿기지 않았다.

이 조형물들을 만들려면 도대체 얼마나 많은 레몬과 오렌지가 필요할까? 또 얼마나 많은 시간이 필요할까? 레몬 조형물을 만들기 위해서는 정원사와 디자이너, 금속 작업가 등 수백 명의 인력과 막대한 비용이 소요된다. 인구 3만 명의 작은 도시에서 레몬 축제를 위해 정말 많은 투자를 한다는 느낌이 들었다. 우리나라도 망통처럼 농산물을 이용한 축제가 많지만 국제적으로 알려진 정도는 아니다. 새삼 아쉬운 생각이 들었다.

비오베 정원에서는 수시로 공연이 펼쳐진다. 전통 춤과 노래, 마리아치 밴드의 공연, 카니발 댄스 등 그 종류도 다양하다. 그들이 벌이는 흥겨운 공연은 정적인 조형물에 생명을 불어넣어 레몬 축제를 더욱 활기차게 만든다. 환상적인 조형물을 배경으로 하는 공연들이라 그런지 구경꾼들은 자신도 모르게 공연 속으로 빨려 들어간다. 레몬 축제는 한 사람의 아이디어를 계기로 열리게 되었다. 1929년, 한 호텔업자가 리비에라 호텔의 정원에서 망통의 특산물인 꽃과 레몬, 오렌지를 이용한 전시회를 개최했다. 전시회는 시민들의 폭발적인 호응을 얻었고 다음 해에도 계속 이어졌다. 전시회가 인기를 끌자 시 당국이 1934년부터 도시를 홍보하기 위해 기존에 열던 카니발과 레몬 전시회를 결합해 새로운 축제를 연 것이 망통 레몬 축제의 기원이다. 동네 축제에 불과했던 망통 레몬 축제는 해가 갈수록 큰 인기를 얻었고, 지금은 해마다 수십만 명이 축제를 보러 온다.

카니발 퍼레이드가 벌어지는 오후 2시까지는 시간의 여유가 있었다. 태양의 산책로(Promenade du soleil)를 따라 구시가지로 향했다. 태양의 산책로는 망통의 해안 도로에 붙여진 매력적인 이름이다. 태양의 산책로를 따라 야자수와 고급스러운 별장, 호텔, 카지노, 레스토랑 등이 늘어서 있어서 휴양지임을 실감케 했다. 자갈이 깔린 해변에서는 겨울임에도 일광욕을 즐기는 사람들이 종종 보였는데 이는 코트다쥐르의 전형적인 풍경이다. 내가 망통을 좋아하는 이유는 이 길 때문이기도 하다. 왠지 모르게 나른하면서도 여유로운 분위기에 마음을 빼앗겼다. 이런 멋진 풍경을 볼 때마다 우리나라의 해안 도시가 생각나 안타까운 마음이 든다. 젊은 시절에 좋아하던

동해안의 한 해안가를 몇 해 전에 다시 찾은 적이 있었다. 그때의 그 충격이란. 무질서와 지나친 상술, 난개발로 엉망이 되어버린 그 모습에서 나의 추억도 사라진 느낌이었다. 추억을 간직하기 위해서라도 그곳을 두 번 다시 찾고 싶지 않았다. 그 어느 나라의 해안보다도 아름답다고 생각했던 우리나라의 많은 해안 마을이 그렇게 내 머릿속에서 하나씩 사라져 가고 있다.

해안의 끝자락에는 작은 성채와 항구가 있었다. 아담한 항구는 요트와 레몬 빛의 고풍스런 건물, 도시를 병풍처럼 감싸고 있는 바위산과 어우러져 멋진 조화를 이뤘다. 코트다쥐르의 다른 휴양지에 비해 훨씬 느긋하고 여유로운 풍경이었다. 사람들이 이 곳을 찾는 이유를 알 수 있을 것 같았다. 항구 뒤의 언덕에 망통을 대표하는 바로크 건축물인 생 미셸 교회가 있다. 좁고 복잡한 골목을 따라 교회가 있는 언덕으로 올라가니 항구와 지중해가 한눈에 펼쳐졌다. 잔잔한 바다와 햇빛에 반사되는 은빛 물결이 무척 고와서 한동안 넋을 놓고 바다를 바라보았다. 교회에서 내려오니 바로 구시가지로 이어졌다. 기념품 가게와 레스토랑으로 즐비한 구시가지는 완전히 노란 물결이었다. 건물도, 가게에 전시된 물건도 온통 노란색이었다. 레몬과 오렌지, 라벤더로 만든 비누와 향수, 오일, 꽃 등 눈길을 사로잡는 물건들이 정말 많았다. 이 가게 저 가게를 기웃거리며 시간을 보내다 보니 소소한 행복감이 밀려왔다.

오후 2시가 되자 태양의 산책로에서 축제의 하이라이트인 카니발 퍼레이드가 펼쳐졌다. 금빛 과일 행렬(Les Corsos des fruits d'Or)이라 이름 붙여진 카니발 퍼레이드는 3주 동안 열리는 레몬 축제 기간 중 일요일마다 열린다. 도로가 좁아서 퍼레이드를 가까이서 볼 수 있지만, 퍼레이드의 참가자와 관광객이 인산인해를 이뤄 혼잡스럽다. 레몬 축제의 퍼레이드는 다른 축제와는 조금 달랐다. 먼저 레몬과 오렌지를 고무줄로 엮어서 만든 조형물을 실은 트럭을 앞세우고, 그 뒤를 해외에서 초청된 퍼레이드 팀들이 뒤따랐다. 삼바 춤을 추는 반라의 무희들, 훌라 춤을 추는 댄서들, 깃발 춤을 추는 사람들, 마칭밴드 등이 흥겨운 분위기를 연출했다. 금빛 과일 행렬은 두 시간 정도 이어지다가 끝났다. 군중들은 순식간에 사라지고 도시는 아무 일도 없었다는 듯이 고요해졌다. 나는 해변으로 갔다. 어둠이 밀려오면서 코발트 빛의 바다가 점점 검은빛으로 바뀌었다. 바다가 푸른빛을 완전히 잃자 수평선 너머로 해가 떨어졌다. 레몬 빛을 닮은 노을이었다. 망통에선 태양마저도 레몬 빛이었다.

Red

환상과 현실이 뒤섞인 아름다운 붉은 사막 · 나미브 사막

삶의 열기로 가득한 열정의 도시 · 마라케시

장밋빛 고대 도시 · 페트라

오렌지 빛 지붕이 만들어 내는 천국의 전경 · 두브로브니크

나미브 사막에
불시착하다

나미브 사막
Namib Desert

'붉은 사막과 파란 하늘의 선명한 대비, 모래와 바람, 빛과 어둠의 명확한 경계, 칼날 같은 능선 너

머로 떨어지는 붉은 노을…… . 여긴 지구가 아닐 거야. 외계의 행성에 불시착한 것이 틀림없어.

빨리 여길 떠나야 해 . 그렇지 않으면 영원히 사막에 갇혀 버리게 될 거야.'

환상과 현실이 뒤섞인 나미브 사막의 몽환적인 풍경 앞에서 나는 헤어날 수가 없었다.

생명체는 살 수 없을 것 같은 메마름과 공허함을 지닌 사막은 삶보다는 죽음을 연상시킨다. 하지만 사막에 한 번이라도 가 본 사람이라면 사막이 얼마나 아름다운 곳인지 알 것이다. 멋진 듄을 간직한 사막이 주는 유혹은 치명적이다. 나는 중국의 고비 사막과 타클라마칸 사막, 이집트의 리비아 사막, 인도의 타르 사막, 아프리카의 사하라 사막 등 많은 사막을 여행했다. 그중에서한 곳만 추천하라고 한다면 단연코 아프리카의 나미브 사막을 고를 것이다. 붉은빛의 모래 언덕과 날선 능선이 선연한 아름다움을 보여 주는 나미브 사막은 지구촌의 모든 여행자를 유혹하는곳이다. 나 또한 나미브 사막의 강렬한 사진 한 컷을 보는 순간 그곳에 가지 않을 수 없었다.

"유리창과 타이어는 보험을 따로 들어야 해요"

나미비아의 수도인 빈트후크에서 차를 빌리는데 렌터카 회사 직원이 말했다. 여러 나라에서 차를 빌려 봤지만 이런 경우는 처음이었다. 차체 보험에 유리창과 타이어는 포함이 되지 않는다니뭐 이런 경우가 다 있나 하고 투덜댔지만 빈트후크를 벗어난 지 얼마 되지 않아서 그 이유를 알게 되었다. 나미비아는 메인 도로를 벗어나면 도로가 모두 비포장이다. 그래서 훼손이 많이 되는 유리창과 타이어는 별도로 보험을 들라고 한 것이었다. 흙길에서 튕긴 돌들이 쉼 없이 차 밑바닥을 때릴 때마다 보험을 별도로 들고 온 것이 무척 다행스럽게 느껴졌다.

먼지를 뽀얗게 일으키며 흙길을 몇 시간째 달렸지만 풍경의 변화는 없었다. 잡목만이 뜨문뜨문 보이는 황량한 대지 위로 아프리카 특유의 뜨거운 태양만이 이글거렸다. 정말 메마른 땅이었다. 쳐다만 봐도 갈증 나는 거친 땅을 달린 지 세 시간 만에 처음으로 사람을 만났다. 열서너 살 남짓한 꼬마 아이 두 명이 가시잡목 밑에 앉아서 양을 치고 있었다. 이방인의 낯선 등장에 녀석들이 호기심 어린 표정으로 일어섰다. 아이들에겐 먹을 것은 물론 물 한 방울 없었다. 얼마나 힘들고 무료할까?

"너희들 어디서 왔니?"

주변에 사람 사는 곳이라고는 전혀 보이지 않는데 도대체 이 아이들은 어디서 왔을까? 땡볕에서 시간의 흐름도 가늠하지 못한 채 무료하게 있는 아이들이 안쓰러워 물과 과자를 주니 무표정하게 받는다. 사막과 잘 어울리는 표정이었다.

사막에서의 운전은 쉽지 않았다. 길은 단순했지만 물어볼 사람이 없었고, 이정표조차 제대로 되어 있지 않은 낯선 길을 지도에만 의지한 채 운전한다는 것은 불확실성을 가중시키는 일이었다. 갈림길이 나올 때마다 잘못 들어선 것이 아닌가 하고 망설여야 했다. 목적지인 세스리엠 캠프사

이트(Sesriem Campsite)에 도착한 것은 해가 다 떨어질 무렵이었다. 세스리엠 캠프는 나미브 사막을 돌아보는 베이스캠프 같은 곳이다. 캠핑장과 주유소, 음료수와 간식을 파는 매점을 갖춘 이 캠프는 여행자에게는 그야말로 사막의 오아시스와 같은 곳이다.

어두워지기 전에 서둘러 텐트를 쳤다. 마지막 남은 해가 떨어지자 사막에서의 밤은 금방 찾아왔다. 하늘 위로 별들이 서서히 떠올랐다. 나미브 사막의 밤하늘은 그 어느 곳보다도 아름다웠다. 고요한 적막감 속에 영롱하게 빛나는 별빛과 쉴 새 없이 떨어지는 별똥별을 보자니 가슴 깊숙한 곳까지 감동이 밀려들었다. 저것은 남십자성, 저건 켄타우로스 그리고 저기 빛나는 별은 시리우스일 거야. 별자리가 맞고 틀리는 것은 아무런 소용이 없었다. 마음속에 나만의 별자리를 만들고 있었기에……. 만약 사막에서의 밤하늘을 본 적이 없다면 인생의 수많은 밤 중 하룻밤은 꼭 사막에서 지내보기를…….

사방이 캄캄한 이른 새벽, 반짝이는 별빛을 어깨에 진 여행자들이 분주히 움직였다. 듄 45에 올라 나미브 사막의 여명을 맞이하려는 것이었다. 듄 45는 나미브 사막에서도 가장 매혹적인 모래 언덕으로 수많은 잡지의 한 면을 장식한 곳이다. 많은 여행자가 듄 45의 강렬한 사진 한 장에 반해 지구 저편에서 사막으로 달려온다. 고양이 세수를 하고 서둘러 차에 시동을 걸었다. 세스리엠 캠프에서 듄 45까지는 60km 남짓 떨어져 있었다. 서두르지 않으면 해돋이를 놓칠 수 있었다. 앞서가는 차의 불빛을 이정표 삼아 달리는데 갑자기 차 앞으로 무언가가 확 튀어나왔다. 《어린왕자》에 나오는 사막 여우였다. 나미브 사막에서 사막 여우를 만날 줄이야. 신기해서 차를 세우고 여우가 사라지는 방향을 한참 동안 바라보았다. 세스리엠 캠프에서 듄 45로 향하는 길은 스텝 지역이 사막으로 바뀌는 경계 지역이다. 그래서인지 해가 뜨고 질 무렵에는 사막 여우뿐만 아니라 타조와 스프링복 같은 동물들이 종종 보였다.

한 시간 남짓 달렸을까. 눈앞에 거대한 모래 언덕이 불쑥 나타났다. 듄 45였다. 듄 45는 외계의 행성을 연상시킬 정도로 비현실적이었다. 바람과 모래가 빚은 이국적인 풍경과 모래 언덕 앞에 외로이 서 있는 한 그루의 나무가 굉장히 몽환적이었다. 듄 45의 능선을 여행자들이 개미 떼처럼 줄을 지어 오르고 있었다. 칼날 같은 능선이었지만 어렵지 않게 오를 수 있을 것 같았다. 그러나 듄을 오르기 시작한 지 10분도 안 돼서 숨을 헐떡이기 시작했다. 발목까지 푹푹 빠지는 모래 언덕을 타는 것은 생각보다 어려웠다. 서서히 밝아 오는 하늘에 마음마저 급해졌다. 제일 높은 곳에서 봐야 한다는 생각에 입술이 바싹바싹 타올랐다. 온몸이 땀에 푹 젖고 나서야 겨우 정상에 오를 수 있었다. 다행히 해는 아직 떠오르지 않았다.

정상에서 서는 순간, '와!' 하는 감탄사가 절로 튀어나왔다. 사방으로 억겁의 세월을 살아온 모래 바다가 펼쳐졌다. 감동적이었다. 능선에 앉아 깨어나는 세상을 맞이할 준비를 했다. 얼마나 지났을까. 해가 뜨기 시작했다. 황홀하게 빛나는 햇살이 모래 바다에 쏟아지니 오렌지 빛의 사막이 화염처럼 붉게 빛나며 능선 반대편에 짙은 그림자를 드리웠다. 빛과 듄이 만들어 내는 명암의 선명한 대비가 장관이었다. 어쩌나 아름다운지 눈물이 절로 날 지경이었다. 한동안 말을 할 수 없었다. 지금 이 순간 무슨 말이 필요할까. 나미브 사막은 모래에 산화철 성분이 포함되어 있기 때문에 다른 사막에 비해 유난히 붉은데 빛마저 받으니 선연한 색채가 더욱 도드라졌다. 한참 동안 빛과 모래 언덕이 만들어 내는 붉은 색채의 향연을 넋 놓고 지켜보았다.

듄 45를 내려와서 나미브 사막을 대표하는 또 다른 볼거리인 데드 플라이(Dead Vlei)로 향했다. '플라이'란 이곳 언어로 '물웅덩이'란 뜻으로 말 그대로 죽음의 웅덩이를 뜻한다. 대서양을 향해 흐르던 강이 모래 언덕에 막혀 생긴 흔적으로 수백 년 전부터 사막화가 진행되어 죽은 나무들이 아직 뿌리를 박고 서 있는 신비로운 광경을 볼 수 있다. 그러나 이곳에서는 사막의 아름다움을 보기 전에 먼저 뜨거움부터 경험하게 된다. 듄 45에서 일출을 보고 이곳에 도착하는 시간이면 사막은 맨발로는 걷기 힘들 정도로 달궈진다. 신발을 벗고 거닐던 나 역시 순식간에 달궈진 모래 때문에 발바닥에 가벼운 화상을 입고 나서야 나미브 사막의 뜨거운 맛을 알게 되었다.

데드 플라이에선 죽음의 미학이 펼쳐진다. 바싹 말라붙은 호수의 진흙 바닥에 시커먼 고사목 80여 그루가 박혀 있었다. 거북등처럼 갈라진 호수 바닥과 생명력을 잃은 나무가 화석처럼 꼿꼿이 서 있는 모습이 주변의 붉은 사막과 어우러져 묘한 느낌을 자아냈다. 말라 버린 호수와 까맣게 타고 말라 비틀어졌어도 아직도 그 존재감을 잃지 않는 고사목들의 처절한 몸짓은 하나의 예술 작품이었다. 놀라웠다. 죽음이 이렇게 아름다울 수도 있다니. 문득 "사막이 아름다운 것은 어딘가에 샘을 감추고 있기 때문이야." 하고 말한 어린 왕자가 떠올랐다. 죽어 버린 샘조차 이렇게 아름다우니 살아 있는 샘은 얼마나 아름다울까?

어디서 나타났는지 딱정벌레가 발 언저리를 빠르게 지나갔다. 사람들은 사막을 불모의 땅이라 부른다. 하지만 이것은 어디까지나 인간들의 생각일 뿐 사막은 결코 불모의 땅이 아니다. 아무 것도 살 수 없을 것 같은 이 척박한 땅에도 많은 생명체가 살아간다. 딱정벌레와 전갈, 도마뱀, 사막 여우, 스프링복, 타조까지. 딱정벌레는 사막의 특징인 극심한 일교차를 이용해 살아간다. 모래 속에 숨어 있다가 동트기 전에 살짝 나와서 이슬을 받아 먹는다. 사막의 생명체들에겐 이슬 한 방울조차도 생명수이다. 나미브 사막은 사막 자체가 갖는 풍경도 아름답지만 척박한 땅에서 살아가는 생명에 대한 경외감이 느껴지는 곳이다.

이틀을 사막에서 보낸 후 스와콥문트로 향하는 길에 한 흑인 청년을 만났다. 청년은 먼지가 풀 풀 날리는 흙길에서 차를 세우려고 필사적이었다. 치안이 안 좋은 아프리카에서 현지인을 태우 는 것은 여행자들에겐 거의 금기였다. 하지만 그의 몸짓이 무척 간절해 보여 잠시 망설이다 차 를 돌렸다. 창문을 열고 무슨 일이냐고 물었더니 물을 달란다. 그는 이미 한참을 걸어온 듯 지칠 대로 지쳐 있었다. 물을 주고 어디까지 가느냐고 물었더니 솔리테르까지 간단다. 솔리테르는 나 미브 사막 초입에 위치한 아주 작은 캠프다. 이미 그곳을 지나쳐 온 지 30분이나 지났다. 사람이 라곤 전혀 찾아볼 수 없는 막막한 사막 길, 차로 30분을 달려온 그 길을 걸어간다니 절로 한숨이 나왔다. 그를 태우고 차를 돌렸다.

그의 이름은 조지였고 이제 겨우 스무 살이었다. 믿기 힘들었지만 월비스 베이(Walvis Bay)에서 부터 걸어오는 중이라고 했다. 무려 165km나 떨어져 있는 곳이었다.

"조지! 왜 걸어왔어?"

"나는 가난해요. 돈도 없고 차도 없어요. 버스도 없고 아무도 태워 주지 않으니 걸을 수밖에요."

그의 대답은 간단했다. 나미비아는 버스가 없기 때문에 자기 차가 없으면 이동 수단이 없다. 도시를 벗어나는 순간 삭막한 흙길이 펼쳐지고, 몇 백 킬로미터를 가더라도 마을은커녕 사람 구경하기도 쉽지 않다. 간혹 여행자들이 탄 차들이 보이지만 그들은 절대로 현지인을 태워 주지 않는다. 여행자에게나 사막이 로망이지 그곳에서 살아가야 하는 사람들에게 사막은 그저 거칠고 척박한 땅일 뿐이었다. 조지의 최종 목적지는 세스리엠이라고 했다. 두 시간이나 더 떨어진 세스리엠까지 데려다 주고 다시 돌아오기에는 내 갈 길이 너무 멀었다. 조지를 솔리테르에 내려 주고 물과 먹을 것을 주니 환한 미소를 짓는다. 조지에겐 3일을 걸어오는 동안 처음 만난 행운인 것 같았다. 스와콥문트로 가는 내내 조지를 생각했다. 그 황량한 사막에서 조지를 끝까지 데려다 주지 않은 것이 마음에 걸렸다. 마주치는 차를 보면 혹시 저 차가 조지를 태워 주지 않을까 생각했다. 하지만 그날 하루 종일 나를 마주쳐 간 차는 10여 대도 되지 않았다.

조지! 끝까지 데려다 주지 못해서 미안해. 그리고 행복해야 돼.

황제의 영광이 깃든
옛 도시를 거닐다

마라케시
Marrakesh

마라케시는 무언가 특별한 분위기가 느껴지는 곳이야. 이곳에 오면 누구나 마법에 걸린 것처럼

사랑에 빠져 버리지. 화려한 색채와 이국적인 분위기, 삶의 열기로 가득찬 광장, 복잡하게 얽히고

설킨 메디나…… . 모두가 현실 세계에서는 좀처럼 마주하기 힘든 매혹적인 풍경들이지. 중세 이

슬람 도시의 원형을 간직한 사람 냄새 물씬 풍기는 붉은 도시, 그곳이 바로 마라케시라네.

아랍 인들에게 '해가 지는 먼 나라'로 알려진 모로코에는 삶의 활기로 가득한 붉은 도시 마라케시가 있다. 그곳에는 타오르는 태양 같은 아프리카의 열정과 이슬람의 신비, 모로코의 이국적인 풍미가 모두 담겨 있다. 무엇보다도 수만 가지의 사연을 안고 살아가는 사람들이 모여 진지한 삶의 열기를 내뿜는 제마 엘프나 광장(Place Djemaa el-Fna)이 그곳에 있다.

수백 년 전 중동과 아시아를 여행하며 삶을 바람처럼 살다 간 이븐바투타의 고향 탕헤르에서 마라케시로 가는 기차를 탔다. 기차는 낡았지만 분위기는 1970년대에 유행하던 팝송 「마라케시 익스프레스(Marrakesh Express)」의 흥겨운 통기타 선율만큼이나 정겨웠다. 친절한 모로코 사람들은 낯선 이방인을 환대해 주었고, 차창 밖으로는 평화롭고 한가로운 시골 풍경이 펼쳐졌다. 나는 기차를 타는 순간이 정말 행복하다. 기차는 내게 여행의 피로를 씻어 주는 휴식 공간이요, 또 다른 세계와 만나는 공간이다. 마라케시행 기차에서도 나는 역시 즐거웠다. 아프리카 여행이 처음인 아내는 유럽과는 다른 풍경에 긴장하더니 어느새 같은 객차에 탄 젊은 아주머니와 손짓, 발짓을 섞어 가며 고난이도의 대화를 이어 갔다. 나는 그들의 대화에 끼기도 하고, 때로는 따뜻한 커피 한 잔을 마시기도 하며 무심하게 창밖을 바라보았다. 그러는 사이 기차는 마라케시에 도착했다.

많은 사람이 마라케시에 대한 찬사를 아끼지 않는다. 윈스턴 처칠은 마라케시를 세상에서 가장 사랑스러운 곳이라 했고, 기네스 펠트로는 마법 같은 도시라고 했다. 이브 생 로랑은 말년에 마라케시의 이국적인 별장에서 지내며 받은 영감으로 아프리칸 스타일의 패션을 발표하기도 했다. 나에게 마라케시의 첫인상은 강렬하면서도 자극적이었다. 거리를 무질서하게 오가는 온갖 탈것이 내는 소음과 코끝을 찌르는 야릇한 냄새, 화려한 색채가 말초 신경을 자극했다. 두 눈만 빠끔 내밀고 온몸을 가린 무슬림 여인들과 나귀 등에 짐을 싣고 유유자적 도로를 활보하는 촌부들의 모습에서 이국적인 분위기가 물씬 풍겼다. 호객 행위를 하는 택시 운전사들은 정신을 쏙 빼놓았다. 아프리카의 바람은 강렬했고, 태양은 뜨거웠다. 나는 이 혼잡하고도 낯선 상황에 적응하기 위해 잠시 호흡을 가다듬은 후 도심 속으로 들어갔다.

마라케시는 이슬람 메디나(Medina)의 원형을 가장 잘 간직한 도시이다. 아랍 어로 '도시'를 뜻하는 메디나는 이슬람 특유의 전통적인 도시 구조로 왕궁과 시장, 미로 같은 골목, 서민들의 집이 밀집되어 있는 공간이다. 마라케시의 메디나 역시 벌집처럼 촘촘하게 들어앉은 전통 가옥과 집들이 구불구불 틀어지면서 끝없이 연결되고 또 가다가 막히기도 하면서 수없이 많은 미로로 연결되어 있었다. 메디나는 침략자들을 막기 위해 일부러 길을 복잡하게 만들었다고 하는데 여행자에게는 아주 곤혹스러운 일이다. 특히 방향 감각이 떨어지는 여행자는 다람쥐 쳇바퀴 돌 듯이

같은 길을 돌고 또 돌기 십상이었다. 나는 메디나의 미로 속에 있는 아담한 호텔에 짐을 풀었다. 낡은 침대에 빛도 잘 들어오지 않는 호텔이었다. 하지만 한낮의 뜨거운 태양을 완벽히 막아 주는 그늘이 있어 시원했고, 초록색 화분으로 꾸며진 작은 정원이 마음을 편안하게 해 주었다. 무엇보다도 제마 엘프나 광장(Place Djemaa el-Fna)이 인근에 있어 더할 나위 없이 좋았다.

호텔에 앉아 잠시 더위를 식힌 후 제마 엘프나 광장으로 향했다. 축구장보다 조금 큰 제마 엘프나 광장이라는 단순한 형상보다는 그 속에서 벌어지는 인간들의 행위로 인해 세상에서 가장 즐거운 광장이라는 명성을 얻은 곳이다. 마라케시를 찾는 여행자들은 대부분 이 광장에서 벌어지는 행위를 보기 위해 이 도시를 찾는다고 해도 과언이 아니다. 한낮의 더위 때문인지 광장에는 헤나를 그려 주는 베르베르 여인과 붉은 옷에 고깔모자를 쓴 물장수 몇 명, 관광마차 몇 대만 서 있을 뿐 의외로 한산했다. 그 유명한 제마 엘프나 광장의 재주꾼들은 모두 어디로 사라졌는지 보이지 않았다.

나는 태양의 뜨거운 열기를 피해 광장 북쪽에 펼쳐진 수크(Souq)로 향했다. 수크는 중세부터 이어져 오는 이슬람 세계의 전통 시장을 말한다. 마라케시의 수크는 모로코에서 가장 규모가 크고 흥미로운 시장이다. 미로처럼 구불구불 이어진 시장 안으로 들어가니 밖에서 보는 것과는 다른 세상이 펼쳐졌다. 대나무 격자로 천장을 드리운 시장 안에는 카펫, 골동품, 향신료, 가죽신, 물 담배, 전통 의상, 향신료, 염색 시장, 금은 보석 가게 등 갖가지 잡화점과 노점이 입주해 있었다. 길을 걸을 때마다 호객꾼들이 "곤니찌와", "헬로 재패니스" 하며 귀찮게 하는 것이 부담스러웠지 만 시장은 꽤 흥미로웠다. 여기저기서 금속을 두드리는 모습과 가죽 신발을 재단하는 모습, 빨 갛고 노란 천을 물들이는 모습, 민트 티를 마시며 담소를 나누는 사람들의 모습 등 서민적이고 이색적인 볼거리가 많았다. 규모도 커서 길을 찾기가 쉽지 않았지만 이리저리 헤매다 보니 길은 어느새 다시 제마 엘프나 광장으로 이어졌다.

날이 서서히 저물고 더위가 수그러지니 제마 엘프나 광장은 낮과는 그 분위기가 확연히 달랐다. 한때 반역자를 처형하던 이 광장은 오늘날 마라케시의 약동하는 생명력을 가장 잘 보여 주는 생 생한 현장이 되었다. 마라케시의 건물들이 부드러운 석양을 받아 그 어느 때보다도 황홀한 붉은 빛을 머금을 무렵, 광장이 서서히 그 열기를 내뿜기 시작했다. 약장수와 코브라 쇼를 하는 사람 은 물론이고 낡은 악기를 연주하는 사람, 사생결단으로 권투를 하며 구전 몇 푼을 원하는 사람 등이 광장에 활기를 불어넣었다. 붉은 옷차림에 가죽 물주머니를 찬 늙은 물장수도 곳곳에 보였 는데, 이들은 본업인 물을 파는 것보다는 사진 모델이 되어 주고 돈을 요구하는 경우가 더 많았 다. 남루한 옷차림의 곡예사가 북소리에 맞춰 아슬아슬한 곡예를 펼치니 남녀노소 할 것 없이

구경꾼들이 모여들어 광장을 가득 메웠다. 늙은 이야기꾼은 입담 좋게 자신이 알고 있는 이야기의 한 구절을 들려주며 수백 년을 이어 온 전통의 한 부분을 묵묵히 담당하고 있었다. 그들이 벌이는 이런 진풍경에 카메라를 들이대니 금방 "노 머니, 노 포토(No Money, No Photo.)" 하며 손사래를 쳤다. 사진 한 컷에도 돈을 요구하는 그들은 곤궁해 보였으나 결코 비루하지 않았고 표정에선 삶에 대한 꺾이지 않는 의지가 느껴졌다.

해가 떨어지자 광장은 또 한 번 옷을 갈아입었다. 광장의 북쪽에 노천 식당이 차려졌다. 비록 노천 식당이었지만 나름대로 규칙이 있는 듯 점포마다 번호가 붙어 있었다. 야시장이 열리는 것과 동시에 제마 엘프나 광장은 마치 마라케시를 찾은 모든 관광객이 몰려 나온 듯 북적거리기 시작했다. 아내와 나는 호객 행위를 하는 청년의 손길에 이끌려 42번 점포에 자리를 잡았다. 꼬치구이로 저녁 식사를 마치자 주인이 따뜻한 민트 티를 무료로 제공했다. 식사 후의 민트 티 한 잔, 그것은 마라케시를 생각할 때마다 떠오르는 기억이다. 진하고 달콤한 차에 생 민트 입을 그대로 넣어 독특하고 알싸한 향이 넘쳐 나는 그 맛은 마라케시를 생각할 때마다 떠오르는 그리움이 되었다.

식사를 마친 후 다시 쿠투비아 모스크로 향했다. 12세기 말에 알 모하드 왕조에 의해 지어진 이 모스크는 모로코의 이슬람 사원 중 가장 아름다운 곳 중의 하나이다. 황토색 흙벽돌로 쌓아 올린 6층 규모의 탑 정상은 3개의 구리 공으로 마무리되어 있다. 탑 외벽은 한눈에도 솜씨 좋은 장인의 손길을 거쳤음을 알 수 있을 만큼 멋진 창틀로 꾸며졌다. 모스크에 붙어 있는 77m의 사각형 미너렛(Minaret)은 마라케시의 상징으로 그리 멀지 않은 곳에 있는 엘 만수리아 모스크의 미너렛과 더불어 오늘날 모로코 모스크 건축의 모델이 되었다. 스페인의 어느 작가는 "몇 세기 동안이나 죽은 자의 영원한 행복과 산 자의 분주한 삶을 지켜 주고 있다." 하고 이 미너렛을 극찬했다. 조명을 받아 붉게 빛나는 모스크는 낮과는 전혀 다른 느낌을 주었다. 낮엔 붉은 모스크와 야자수, 파란 하늘이 어우러져 있었지만 밤엔 온전히 붉은 빛만이 주변을 밝혔다. 모스크 앞의 광장은 더위를 피해 휴식을 취하는 시민들로 북적거렸다. 나는 그들 속에 묻혀 모스크에서 울려 퍼지는 코란의 암송 소리를 주문처럼 들으며 제마 엘프나 광장의 재주꾼들을 떠올렸다. 시공을 초월해 현재 속에서 과거의 삶을 살아가는 그들이 있는 한 마라케시는 소중한 인류의 문화유산으로 영원히 빛을 발할 것이다.

신의 손길로 빚어낸
붉은 장밋빛 도시

페트라
Petra

페트라에 도착하는 순간, 다른 곳에서의 기억은 모두 사라질지 모른다. 붉은 사암과 기암절벽, 암

벽을 깎아 만든 신전과 무덤까지 눈앞에 펼쳐진 이 장중한 아름다움 앞에 의식이 멈춰 버릴 테니

까……. 인간의 힘으로는 도저히 연출할 수 없는 자연의 경이로움 속에 세워진 고대 유적, 페트

라. 과연 이것은 인간의 도시였을까? 그 감동이 의식의 한계를 넘어서 전율로 다가온다.

요르단의 수도인 암만에서 남쪽으로 약 190km 떨어진 협곡에 위치한 페트라. 영국의 시인 존 윌리엄 버건이 "영원의 절반만큼 오래된, 장밋빛 같은 붉은 도시"라고 극찬한 중동 최고의 문화유산이다. 페트라로 가는 길은 깊고도 비밀스러웠다. 페트라의 입구인 시크(Siq)에 들어서는 순간 사방이 꽉 막혔다. 협곡의 폭은 몇 미터에 불과했지만 그 높이는 쉽게 가늠조차 되지 않았다. 낮은 곳은 수십 미터, 높은 곳은 100m는 되어 보였다. 시크는 아랍 어로 '협곡'이란 뜻인데 그 뜻답게 대낮에도 어두울 정도의 절벽으로 둘러싸인 길이었다. 물의 침식 작용으로 형성된 시크를 따라 장대한 주변 풍경을 음미하며 천천히 걸었다.

좀처럼 직진을 하지 않는 뱀의 행로처럼 구불구불 이어진 협곡은 사람들로 북적거렸다. 관광객을 태운 수레도 쉴 새 없이 오갔다. 협곡의 바위 절벽은 빛의 방향에 따라 검붉은 진홍빛에서 분홍빛, 붉은 장밋빛으로 시시각각으로 바뀌었다. 고개를 들어 하늘을 보니 사방을 둘러싼 절벽 사이로 파란 하늘이 모습을 나타냈다. 붉은 바위와 파란 하늘의 선명한 대비가 눈부시게 아름다웠다. 자연이 만들어 내는 색채의 변화를 감지하며 걸으니 한걸음 내디딜 때마다 묘한 흥분이 느껴졌다.

고대 유적은 아직 모습을 드러내지 않았지만 나는 이미 페트라에 푹 빠져들었다. 수많은 곳을 여행했지만 이처럼 대단한 협곡을 마주하는 것은 처음이었다. 이 길을 따라가면 저 협곡 너머에 사라진 역사와 고대의 유적이 펼쳐질 것이었다. 시크야말로 2천 년의 세월을 연결해 주는 타임 머신이라는 생각이 들었다.

얼마나 걸었을까? 시크의 바위틈 사이로 섬세하게 조각된 기둥이 어렴풋이 보였다. 빛이 들어오지 않아 더욱 어둡게 보이는 협곡에서 아침 해를 받아 붉게 빛나는 거대한 기둥이 보였다. 마침내 시크를 빠져 나왔을 때 입에서 탄성이 절로 튀어나왔다. '오! 맙소사.' 어둡고 긴 계곡 끝에 나타난 붉은 장밋빛 광채와 거대한 신전은 경이로움 그 자체였다. 마치 판타지 영화의 한 장면을 보는 듯 이천 년 동안 숨겨 온 신비감을 폭발시키고 있었다. 바위산을 통째로 깎아 만든 이 불가사의한 건축물은 고대 나바테아 인들이 만든 장례 사원인 알 카즈네(Al-Khaznah)다. 영화 〈인디아나 존스-최후의 성전〉에서 주인공 해리슨 포드가 성배를 찾아 들어가던 바로 그 신전이다.

알 카즈네는 베두인 족의 말로 '보물'이란 뜻이다. 페트라가 역사 속에서 사라진 후 한참 뒤에 이곳에 들어온 베두인들은 알 카즈네에 파라오의 보물이 숨겨져 있다고 믿었다. 그래서 붙인 이름이다. 지금은 베두인들이 찾던 보물은 없지만 이 건물 자체가 보물이 되어 베두인들을 먹여 살리고 있다. 정말 역사의 아이러니가 아닐 수 없다. 그리스 어로 페트라는 '바위'를 뜻하는데, 실제로 페트라의 건축물들은 모두 쌓아 올린 것이 아니라 암벽을 깎아서 만들었다. 알 카즈네 역시 마찬가지다. 수직의 붉은 절벽과 그곳에 조각된 파사드 그리고 광장이 절묘한 조화를 이루고 있었다. 두 개의 박공벽과 프리즈, 코린트식 기둥 그리고 조각상으로 이루어진 파사드는 은근한 세련미를 보여 주었다. 이 모든 것이 오로지 손으로 깎아 만든 것이란 사실이 믿기지 않았다.

오전 9시가 되자 알 카즈네는 부드러운 빛을 받아 협곡과 완벽히 호흡하며 장밋빛을 발산했다. 그 모습이 마치 살아 숨 쉬는 생명체처럼 느껴졌다. 가히 베두인들이 '세계에서 가장 아름다운 벽'이라 자랑할 만했다. 금방이라도 해리슨 포드가 튀어나올 것 같은 건물 내부로 들어가니 텅 비어 있었다. 허무했다. 영화의 긴장감을 기억하는 사람들에겐 반전도 이런 반전이 없을 것이다. 내부를 들여다보면 실망할 것이라는 말은 들었지만 이 정도일 줄은 몰랐다.

건물의 텅 빈 내부는 여러 가지 추측을 낳았다. 어떤 이는 이곳이 영묘였다고 말하고 또 어떤 이는 신을 모시는 신전이었다고 주장했다. 나는 이런 추측을 풀려는 고고학자라도 된 것처럼 방안 구석구석을 훑었다. 그러나 아무런 흔적도 발견할 수 없었다. 도대체 이곳에 어떤 비밀이 숨어 있을까? 별다른 기록을 남기지 않고 사라진 수수께끼의 민족인 나바테아 인만큼이나 신비롭게 느껴졌다.

알 카즈네에서 나와 몇 분 정도 걸어가니 꽤 넓은 공간이 나타났다. 좁은 협곡에서 완전히 벗어났지만 넓은 터 양쪽은 여전히 거대한 암벽들로 둘러싸여 있었다. 암벽 양쪽에는 수많은 암굴 무덤이 보였다. 공터를 따라 조금 걸어가자 왼쪽으로 거대한 원형 극장이 나타났다. 바위산을 반쯤 깎아 반원형으로 만든 이 극장은 서기 1세기경 나바테아 인들이 건설한 것을 로마 인들이 확충한 것이다. 6,000명 정도를 수용했다고 하는데, 원형 극장 주변에 무덤군이 있는 것으로 보아서는 오락적인 기능보다는 왕의 장례식을 비롯해 각종 회의나 종교 의식을 치르던 곳 같았다. 실제로 이 원형 극장이 어떤 용도로 쓰였는지는 아직도 의문이라고 했다.

원형 극장을 보고 걷는 중에 누군가 "안녕하세요!" 하며 인사를 건넸다. 몇 개월 전 인도의 고아 해변에서 만났던 학생이었다. 휴학을 하고 세계 일주 중이라는 그 학생과 이름도 묻지 않은 채 헤어졌는데 페트라에서 다시 만나게 된 것이다. 그 학생은 인도에서 파키스탄, 이란, 터키, 시리

아를 거쳐서 페트라에 도착했다고 했다. 오랫동안 여행을 하다 보면 이렇게 한 번 만났던 사람을 뜻하지 않은 곳에서 다시 만나는 경우가 종종 있다. 10년 만에 기내에서 우연히 다시 만난 친구도 있고, 몇 해를 두고 베트남과 체코, 터키, 이집트에서 같은 사람과 만난 경우도 있다. 리버풀의 유스호스텔에서 만났던 한 대만 아가씨는 내가 그녀를 기억하지 못함에도 10년 전 라오스에서 나를 만났다며 내 신상 명세를 정확히 기억했다. 심지어 내가 라오스로 신혼여행을 간 것까지 기억해서 나를 무안하게 만들기도 했다. 길 떠난 사람들은 길에서 만난 인연들을 무엇보다 소중하게 여긴다. 더구나 한 번 만났던 사람을 다른 땅에서 또 만났을 때의 기쁨이란……. 여행이 매력적인 것은 어떤 틀에서 벗어나 자유를 만끽할 수 있다는 것과 이렇게 길에서 만난 사람들과의 인연 때문은 아닐까?

그 학생과 저녁 약속을 하고 발길을 돌렸다. 원형 극장에서 조금 걸어가자 오른쪽 산 암벽에 무덤군의 파사드가 줄지어 펼쳐졌다. 왕족들의 무덤으로 추정되는 이 건축물들은 페트라에서 가장 매력적인 곳 중의 하나로 한때는 비잔틴 교회로 이용되기도 하였다. 무덤 내부로 들어가니 작은 홀과 방들이 있었다. 아무것도 없는 빈 공간들이라 잠시 실망했으나 천장을 바라보는 순간 내 눈을 의심할 수밖에 없었다. 천장의 바위는 산화철의 함유 비율에 따라 황색과 흰색, 푸른색, 붉은색 등 다양한 색채를 띠었다. 암석 자체가 가지고 있는 다양한 빛과 화려한 돌무늬들이

방 전체를 휘감고 있는 것이 그 어떤 벽화나 장식보다도 아름답게 보였다. 때로는 이처럼 천연의 아름다움이 인간이 표현한 그 어떤 아름다움보다 뛰어나다.

왕가의 무덤 앞쪽으로는 열주 대로가 펼쳐졌다. 옛날 페트라의 심장부에 해당하던 곳이다. 한때는 수많은 상점이 몰려 있었을 이 거리에 지금은 단지 몇 개의 열주만이 남아 2천 년의 세월을 잇고 있었다. 역사에 따르면 페트라는 1세기 초까지 나바테아 왕국의 수도로 번영을 누렸다고 한다. 나바테아 왕국은 대상로를 장악하고 상인들의 보호하는 대신 그들로부터 일종의 세금을 거둬들였다. 당시의 페트라는 나바테아 문명의 중심지였을 뿐만 아니라 상업과 교역 활동의 중심지였다. 인구가 3만 명에 달할 정도로 번성하던 페트라는 서기 106년에 로마에 의해 점령되면서 서서히 쇠퇴하기 시작했다. 로마 인들은 페트라를 점령한 후 수많은 건축물을 남겼는데, 이 열주 대로가 대표적인 예이다. 열주 대로 양쪽으로 왕궁과 신전, 3개의 시장, 공동 욕장 등이 있었지만 지금은 폐허의 유적으로 남아 있다.

돌조각과 붉은 모래가 뒤섞인 열주 대로를 걷다가 기둥에 몸을 기대고 잠시 생각에 잠겼다. 눈을 감으니 어느새 고대 나바테아 인들이 환영처럼 떠올랐다. 커다란 눈과 오뚝한 코, 도톰한 입술이 매력적인 젊은 여인이 장신구를 사러 상점을 기웃거리고, 멋진 구레나룻 수염의 노인이 낙

타를 끌고 거리를 오가고 있었다. 얼마나 지났을까. 태양열의 뜨거운 기운을 받으며 눈을 떠 보니 어느새 나바테아 인들은 유령처럼 사라지고 적막한 길만이 펼쳐졌다.

열주 도로를 지나자 고급 레스토랑이 나타났다. 주변 유적과 전혀 어울리지 않는 레스토랑이었다. 페트라에 처음 왔을 때는 없던 곳인데 관광객이 몰리면서 새로 생긴 곳이다. 레스토랑 뒤쪽으로 서쪽 산으로 올라가는 길이 펼쳐졌다. 가파른 산길을 30분 정도 올라가니 알 데이르(Al-Deir) 사원이 나타났다. 알 카즈네와 더불어 페트라를 대표하는 건축물이자 최첨단 기법이 동원되었던 영화〈트랜스포머-패자의 역습〉의 배경이 됐던 곳이다. 돌산의 암벽을 깎아 만든 알 데이르는 미완성인 상태였으나 전체적인 아름다움을 감상하기에는 충분했다. 헬레니즘 양식의 파사드는 높이가 42m, 너비가 47m에 달하는데, 내벽에 십자가가 새겨져 있어 알 데이르(수도원이란 뜻)로 이름 붙여졌다. 신전 앞엔 베두인이 운영하는 카페가 자리 잡고 있었다. 땀도 식힐 겸 콜라 한 잔을 주문한 후 느긋하게 주변 풍경을 감상했다. 보면 볼수록 "영원의 절반만큼 오래된 장밋빛 같은 붉은 도시"라는 말이 통속적인 표현이 아니라는 생각이 들었다.

땀을 식힌 후, 수도원 앞쪽의 바위산으로 올라갔다. 산 정상에선 드라마틱한 풍경이 펼쳐졌다. 마치 그랜드캐니언을 연상시키는 깊고 깊은 협곡과 그 너머로 끝없는 지평선이 펼쳐졌다. 눈앞으로 펼쳐지는 풍경을 하염없이 감상하는데, 어디선가 피리 소리가 들려왔다. 옆쪽 바위에 앉은 베두인 청년이 부는 피리 소리였다. 협곡 끝자락에 앉아 바람 소리와 바위의 속삭임 그리고 아름다운 피리의 선율을 들으며 생각했다. 이 풍경과 유적이 영속하는 한, 페트라는 홀연히 역사의 어둠 속으로 사라진 나바테아 인들의 영원한 삶터가 될 것이라고…….

오래된 성벽에서
아드리아 해를 바라보다

두브로브니크
Dubrovnik

빛나는 태양과 짙푸른 바다, 견고한 성벽과 오렌지 빛 지붕, 경계가 사라진 하늘과 바다가 있는

곳, 두브로브니크. 이곳은 세상에서 가장 벅찬 아름다움을 간직한 도시이다. 만약 천국이 있다면

바로 이런 모습이지 않을까? 굳이 멀리서 천국을 찾을 필요는 없다. 마음속에 온전히 담아 두고

싶은 곳이라면 그곳이 바로 천국일 것이다. 바로 두브로브니크처럼 말이다.

아드리아 해의 푸른 진주, 두브로브니크는 내가 무척 가고 싶었던 곳이다. 두브로브니크란 이름을 알게 된 것은《두브로브니크는 그날도 눈부셨다》라는 책을 통해서였다. 특이한 이름과 육중한 성벽, 오렌지 빛의 지붕, 아름다운 아드리아 해의 푸른 바다가 펼쳐진 사진 한 장이 나를 홀렸다. 하지만 두브로브니크로 가야겠다고 생각하게 된 것은 두 명의 노인을 만나면서부터이다. 10여 년 전 집으로 전화 한 통이 걸려 왔다. 내가 모 신문사에 썼던 티베트의 천장(天葬)에 대한 기사를 읽었다며 만나 보고 싶다고 했다. 며칠 후 집 근처에서 그들과 만났다. 여행을 좋아하는 노인들이었다. 그들은 티베트 여행에 대해 이것저것 물어보면서 지난 여름에 두브로브니크에 다녀왔다며 자랑을 늘어 놓았다. 가뜩이나 두브로브니크에 끌려 있던 나의 마음은 그분들의 이야기를 듣는 사이에 이미 그곳으로 향하고 있었다. 그로부터 몇 년이 지난 어느 여름, 나는 드디어 두브로브니크에 발을 디뎠다.

짙푸른 아드리아 해를 사이에 두고 이탈리아와 마주 보고 있는 두브로브니크는 빛나는 태양과 아름다운 해변, 중세의 고풍스러움이 어우러진 도시이다. 오렌지 빛 지붕을 이고 있는 집과 그 사이사이로 고개를 내밀고 존재감을 나타내는 교회의 종탑, 분수 그리고 이 모두를 감싸고 있는 두터운 성벽이 만들어 내는 도시의 풍경은 진한 감동이었다. 두브로브니크의 아름다운 풍경은 짙푸른 바다와 만나 화룡점정의 경치를 뽐낸다. 아드리아 해와 두브로브니크 고성은 마치 한 쌍의 연인처럼 어울리며 여행자의 마음을 즐겁게 한다. 이런 풍경에 매료된 시인 바이런은 두브로브니크를 '아드리아 해의 진주'라 칭했고, 극작가 조지 버나드 쇼는 '지구상의 낙원을 보고 싶은 사람들은 두브로브니크로 가라.'고 극찬했다.

두브로브니크는 크로아티아의 남쪽 끝에 있다. 특이하게도 보스니아 헤르체고비나의 네움 (Neum)이란 도시가 크로아티아를 가로질러 바다와 접함으로써 두브로브니크는 본토와 단절되어 있다. 한때 같은 나라였던 두 나라가 내전으로 갈라지면서 생긴 현상이다. 하지만 여행자는 간단한 여권 검사만으로 두 지역을 자유롭게 오갈 수 있다. 두브로브니크는 7세기경 지금의 크로아티아 지역에 살고 있던 달마티아 로마 인들에 의해 건설되었다. 그때는 라구사(Ragusa) 공화국이란 독립국으로 베네치아와 함께 아드리아 해에서 가장 중요한 해상 무역 국가였다. 무역으로 쌓은 막대한 부를 바탕으로 13세기에는 두브로브니크의 자랑인 고성을 완성하였다. 이 성은 800여 년이 지난 지금도 견고한 몸체를 자랑하며 두브로브니크의 확실한 랜드마크로 자리 잡고 있다.

기대했던 여행지를 가 보면 실망을 하게 되는 경우가 다반사였던지라 두브로브니크에 도착해서도 기대와 우려가 교차했다. 그러나 돌로 만든 육중한 성문을 지나 구시가지로 들어선 순간 나도 모르게 안도의 한숨을 내쉬었다. 회색 파스텔 톤의 건물과 분수, 성당, 대리석 조각이 촘촘히 깔린 중세의 도시 풍경이 기대 이상이었다. 켜켜이 쌓인 역사가 묻어 있는 이 도시가 보여 주는 풍경은 첫사랑의 감흥만큼이나 강렬했다. 그것은 설렘이었고, 감동이었고, 유혹이었다. 구시가지에서 가장 먼저 여행자를 반기는 것은 오노프리오 분수(Onofrio's Fountain)였다. 해안의 암반 위에 세워진 두브로브니크는 적을 방어하기는 좋았지만 늘 식수가 부족했다. 그래서 두브로브니크에서 13km 떨어진 곳에서 물을 끌어와 이 원통형의 수조를 통해 사람들에게 공급했다. 분수라고는 하지만 물이 솟구치는 것이 아니라 16개의 사람 얼굴을 한 파이프를 통해 위에서 아래로 흐르게 되어 있는 독특한 모습을 하고 있다. 분수 앞에서 한 중년 남자가 크로아티아 전통악기인 구슬레(gusle)를 연주했다. 마치 두브로브니크에 잘 왔다며 환영의 세레모니를 하는 것 같았다.

분수 뒤로 두브로브니크의 중심 거리인 플라차 거리(Placa Street)가 펼쳐진다. 일직선으로 뻗어 있는 이 거리를 중심으로 수도원과 분수, 궁전, 미술관, 극장, 대성당 등이 모두 한눈에 들어올 만큼 줄지어 있다. 가장 인상적인 건물 중 하나가 성 프란체스코 수도원이다. 이 수도원에는

1317년에 문을 연, 유럽에서 가장 오래된 부속 약국이 있다. 두브로브니크는 14세기부터 의료 서비스가 시작되었는데, 이곳에서 처음 약을 만들었다고 한다. 거의 700년의 역사를 자랑하는 이 약국은 지금도 운영하고 있어서 여행자를 놀라게 한다. 하지만 플라차 거리에서 가장 확실한 존재감을 보여 주는 것은 건물이 아니라 하얀 대리석이 깔린 바닥이다. 수백 년 동안 사람들이 지나다녀 반질반질해진 대리석 바닥의 탱탱한 살결이 환상적인 분위기를 자아낸다. 이 옛길을 따라 걷다 보면 중세로 되돌아간 듯한 야릇한 느낌에 빠져들게 된다. 강렬한 햇빛을 반사시키며 눈이 부시도록 빛나는 대리석 조각이 주는 질감은 부드럽다. 손을 대면 금방이라도 자신이 겪어 왔던 지난 세월의 이야기를 마구 쏟아낼 것 같은 느낌이다.

플라차 거리를 걷다 보면 이 도시의 오랜 역사와 활기찬 분위기를 동시에 만나게 된다. 풍경은 옛것이지만 거리는 수백 년의 세월이 무색하게 생생하게 살아 있다. 거리의 카페와 레스토랑에 서는 세계 각국에서 몰려든 관광객들이 노천카페에 앉아 두브로브니크의 강렬한 태양과 오랜 역사를 만끽한다. 그런가 하면 대성당 인근에는 노천 시장이 열려 아름다운 중세 도시에 활기를 불어넣는다. 구시가지가 더 아름답게 보인 것은 이곳이 단순히 관광지로 남기 위한 상업적인 공간이 아니라, 생생히 살아 숨 쉬는 삶의 공간이기 때문으로 느껴졌기 때문이다.

플라차 거리는 새로운 길의 시작이기도 하다. 이 거리를 중심으로 샛길이 수없이 갈라져 미로 같은 도시를 형성한다. 그 좁은 골목에서 조금이라도 공간이 있는 곳이면 여지없이 노천카페의 테이블이 자리하고 있다. 플라차 거리 북쪽의 가파른 골목에는 카페와 갤러리, 인터넷 카페, 술집 등이 정감 있는 서민들의 집과 공존하고 있다. 벽에 걸린 빨래와 상점의 등 발코니가 서로 처마를 맞대고 얽히고설켜 있는 골목들은 이곳 사람들의 삶의 공간임과 동시에 그 자체가 훌륭한 볼거리이다. 이렇듯 골목마다 성안에 살아가는 서민들의 삶이 곳곳에 배어 있다.

두브로브니크는 견고한 성벽으로 둘러싸인 도시이다. 두브로브니크 여행의 백미는 바로 이 성벽을 따라 걷는 것이다. 성벽을 한 바퀴 도는 데 드는 시간은 한 시간 남짓이지만 성벽 위의 풍경이 주는 여운은 영원만큼이나 길다. 성 위에서 바라본 풍경은 현실과 환상의 경계를 넘나든다. 구시가지의 지붕은 온통 오렌지 빛 기와를 얹어 놓았다. 그 찬란한 색의 향연에 내 눈도 마음도 온통 오렌지 빛으로 물드는 느낌이었다. 때로는 말로는 담아낼 수 없는 풍경이 있다. 그럴 땐 가만히 눈을 감고 모든 경험과 감성을 통해 그 아름다운 풍경을 온전히 내 마음에 담아 두려고 노력한다. 성벽에서 보는 풍경이 그러했다. 나는 성벽이 들려주는 이야기를 들으며 이 도시를 음미했다. 성벽은 오르막과 내리막을 반복하며 때로는 바다 쪽으로, 때로는 시내 쪽으로 이어졌다. 성벽 아래의 수직 절벽에서는 일광욕을 하거나 한가로이 책을 읽는 사람들이 보였고, 수영을 하는 사람들도 보였다. 성벽 위를 덮치는 뜨거운 태양이 금방이라도 나를 익혀 버릴 듯이 이글거렸지만 그 시원한 풍경이 내 마음을 식혀 주었다.

이렇게 아름다운 성벽이지만 이곳을 돌다 보면 감추고 싶은 두브로브니크의 슬픈 역사와 만나게 된다. 두브로브니크는 1991년에 발생한 유고슬라비아 전쟁에 휘말렸다. 당시 유고 연방이 해체되면서 발칸 반도는 전쟁의 몸살을 겪었다. 이 와중에 크로아티아가 연방에서 탈퇴해 독립을 선언하자 세르비아 군이 3개월에 걸쳐 두브로브니크를 포위하고 포격을 가했다. 이에 프랑스 학술원장인 장 도르메송(Jean D'Ormesseon)이 "유럽 문명과 예술의 상징적 도시인 두브로브니크에 대한 포격을 중지시키지 못한다는 것이 말이 되는가?" 하고 질타하며 직접 두브로브니크 앞바다로 가 포격을 중지시키려 했던 일화가 있다.

프랑스 최고 지성의 이 한마디가 발단이 되어 두브로브니크를 위한 국제적인 지원이 가속화되고, 전쟁 후에 두브로브니크는 유네스코의 지원을 받아 옛 명성에 버금가는 아름다운 도시로 다시 태어났다. 하지만 전쟁의 상처가 완전히 아문 것은 아니었다. 포격으로 부서진 건물들이 아름다운 풍경 사이사이로 엿보였다. 성 아래에서는 찾아볼 수 없던 전쟁의 흔적이었다. 어쩌면

이 상처가 두브로브니크를 더욱 빛나게 하는지도 모르겠다. 세상에 상처 없는 사람이 어디 있고, 고통 없는 삶이 또 어디 있겠는가? 완벽함보다는 상처 입은 영혼을 안고 살아가는 삶이 더욱 인간적이듯이 두브로브니크가 더 아름다운 것은 이런 아픔을 견뎌 냈기 때문이라는 생각이 들었다.

해가 질 무렵 두브로브니크를 한눈에 조망할 수 있는 스르지 산으로 올라갔다. 차를 타면 간단히 올라갈 수 있지만 두 시간이나 걸려 걸어갔다. 산을 올라가면서 조금씩 달라지는 도시의 원근감이 나의 발길을 자꾸 멈추게 했다. 정상에 서니 두브로브니크의 황홀한 풍경이 눈에 펼쳐졌다. 성벽에서 보는 풍경과는 또 다른 세계였다. 하늘과 바다의 경계가 불분명한 아드리아 해와 두터운 성벽, 오렌지 빛으로 물든 구시가지가 만들어 내는 풍경은 숨이 막힐 정도로 아름다웠다. '우아!' 감탄사를 연발하던 한 커플이 사진을 찍어 달라고 부탁했다. 그들이 부러웠다. 지금 이 순간, 그들은 세상에서 가장 행복한 연인이었다. 지구상에서 가장 아름다운 도시, 그것도 가장 멋진 풍경을 볼 수 있는 곳에서 사랑하는 사람과 있으니 이보다 행복한 일이 또 있을까?

태양이 바다 저편으로 숨을 헐떡이며 사라지는 것과 동시에 시내에는 하나둘씩 조명이 켜지기 시작했다. 아드리아 해 역시 파란빛에서 짙은 코발트블루로, 다시 검정색으로 바뀌었다. 바다와 도시의 어둠과 빛이 만나는 모습은 비록 찰나였지만 내게는 소름 끼치는 유혹이었다. 그 환상적인 모습은 내 마음 한곳에 영원히 잊을 수 없는 풍경으로 남겨졌다.

White

백색의 순결한 산골 마을 · 카사레스
풍차가 돌아가는 새하얀 항구 마을 · 미코노스
새하얀 집과 성벽의 도시 · 오비두스
손에 닿을 듯 말 듯 아련한 설산 · 히말라야

영혼마저 깨끗해지는
순결한 백색 마을

카사레스
Casares

눈부시게 하얗다. 이토록 하얀 마을이 또 있을까? 눈앞에 보이는 색이라고는 주황색 지붕을 제외

하고 온통 흰색뿐이다. 흰색과 주황색, 오직 이 두 가지 색만이 눈앞에 펼쳐진다. 흰색의 집들은

멀고 무한하게만 느껴지는 짙푸른 하늘과 어우러져 더욱 하얗게 빛난다. 스페인 안달루시아 지방

의 작은 마을, 카사레스. 산중 깊은 곳에 오밀조밀하게 모여 앉은 이 마을이 보여 주는 풍경은 여

행자의 마음을 설레게 한다.

카사레스는 내게 풀지 못한 숙제와도 같은 도시였다. 몇 해 전 잡지에 소개된 카사레스의 풍경에 매료되어 스페인으로 떠났다. 하지만 정작 찾아간 곳은 카사레스와 비슷한 이름의 도시인 카세레스(Caceres)였다. 포르투갈의 접경 지역에 있는 카세레스는 세계문화유산으로 등재된 도시였지만 카사레스와는 분위기가 전혀 다른 곳이다. 미리 찾아가는 방법을 제대로 알아 두지 않고 현지에서 물어보면 되겠지 하고 생각했던 것이 이런 황당한 결과를 불러온 것이다. 막상 현지에 도착하니 두 도시의 발음이 비슷한 데다 카세레스가 훨씬 큰 도시인지라 카사레스 가는 길을 물으면 대부분의 스페인 사람들은 카세레스 가는 길을 알려 주었다. 이렇게 엉뚱한 도시를 갔다 온 나는 몇 해를 더 기다린 끝에야 겨우 카사레스를 찾아갈 수 있었다.

카사레스는 스페인이 자랑하는 지중해 연안의 해변 휴양지인 코스타 델 솔(Costa Del Sol)에서 내륙의 산 쪽으로 20km 정도 떨어져 있는 안달루시아 지방의 작은 마을이다. 수백 년 동안 이슬람의 지배를 받았던 안달루시아 지방은 본래 흰색을 많이 사용하는데 카사레스는 특히 그렇다. 마을 전체에서 풍기는 흰색의 원초적 느낌이 그 어느 도시보다도 강렬하다. 이처럼 맑은 순백의 이미지 때문에 카사레스는 각종 엽서나, 화보, CF 촬영 장소로 인기를 끌고 있다. 몇 해 전 우리나라에서 방영되었던 모 음료수의 CF 또한 이곳에서 촬영한 것이다. 카사레스는 지금은 작은 산골 마을에 불과하지만 한때는 페니키아, 이베리아, 로마, 아랍 인들이 거쳐 간 유서 깊은 곳으로 문화의 교차로 역할을 하던 도시다. 마을 이름은 카이사르가 피부병 치료를 위해 이곳을 방문한 데서 유래된 것으로, 로마 시대에는 각종 질병 치료에 효과가 탁월한 온천이 있는 도시로 유명했다.

카사레스의 첫인상은 나른할 정도로 한가했다. 작은 산골 마을이라 그런지 누구하나 바쁘게 돌아다니지 않았다. 사람들도 잘 보이지 않았다. 몇 명의 노인이 마을 광장에 모여 담소를 나누고 있을 뿐이었다. 이따금씩 유모차를 끌고 가는 여인들과 가방을 멘 학생들이 광장을 스쳤지만 고요하고 적막한 분위기는 여전히 마을을 감쌌다. 마을엔 호텔과 펜션이 딱 한 곳씩밖에 없었다. 광장에 위치한 펜션의 문을 두드렸으나 대답이 없었다. 한참을 두드리다 보니 지나가던 사람이 광장 근처에 위치한 정육점으로 가 보라고 했다. 펜션 주인은 정육점까지 운영하고 있어서 펜션을 비우는 경우가 더 많았다. 펜션에 짐을 풀어 놓고 천천히 마을 산책에 나섰다.

마을은 중앙의 에스파냐 광장을 중심으로 좁은 골목들이 언덕을 향해 뻗어 있었다. 특별히 할 일이 없던 나는 한가롭게 이 골목 저 골목을 기웃거렸다. 좁고 비탈진 골목에는 휴지 하나 떨어져 있지 않았다. 집집마다 테라스엔 장미꽃 화분이 걸려 있었다. 붉은빛의 장미꽃은 흰 벽과 어우러져 그 빛깔이 더욱 두드러졌다. 어쩌다 만나는 사람들의 발걸음은 느긋했다. 마치 시간을

영원히 소유할 수 있다는 듯, 급한 것이 전혀 없었다. 간혹 열린 대문 사이로 그들의 사는 모습을 엿보는 것도 재미있었다. 집을 엿보아도 누구하나 화를 내는 사람들이 없었다. 눈인사 하나에도 반갑게 맞이해 주는 소박한 사람들이었다. 골목에서 만나는 아이들 또한 티 없이 맑았다. 소꿉놀이를 하거나 공놀이를 하며 노는 아이들은 낯선 이방인의 출현에도 전혀 경계하지 않았고 카메라를 피하지도 않았다. 오히려 호기심 어린 표정으로 이방인을 또렷이 쳐다봤다.

카사레스의 골목을 걸으며 나는 느림의 미학이 주는 행복감에 서서히 빠져 들었다. 이곳에선 절대로 서둘러서는 안 된다. 카사레스를 제대로 즐기는 방법은 '빠름'에 익숙해져 버린 도시의 삶 속에서 벗어나 '느림' 그 자체를 즐기는 것이다. 하루가 다르게 세상이 변해 가는 요즘, 느린 것은 무능력하고 게으르게 여기는 것이 현실이다. 덜 벌고 덜 쓰고 시간을 소유하자는 생각을 갖고 있는 나로서도 그 현실을 무시하지 못해 여행을 마치고 돌아오면 적당히 바쁘게 살아가게 된다. 카사레스는 그 '느림'에 대한 우리의 일반적인 통념이 전혀 통하지 않는 곳이다. 이곳은 '느림은 무능력이나 게으름이 아니라 행복의 조건'이라는 프랑스 철학자 피에르 쌍소의 말이 무척 잘 어울리는 마을이다. 두 시간 남짓 돌아보니 더 이상 둘러볼 곳이 없었다. 워낙 작은 마을이었다. 제대로 된 레스토랑도 한 곳뿐이고, 그 흔한 패스트푸드점도, 인터넷 카페도 찾아볼 수 없었다. 마을 꼭대기에 있는 성당과 무너진 성벽이 볼거리의 전부였다.

나는 이런 아담한 마을을 좋아한다. 처음 여행을 시작했을 때는 대부분이 그렇듯이 볼거리가 많은 대도시 위주로 돌아다녔다. 그것이 식상해지자 문명의 이기가 닿지 않는 오지를 돌아다니며 사람들 만나는 재미로 여행을 했다. 그런데 문득 생각해 보니 오지는 세상 어디에도 더 이상 존재하지 않는 것 같았다. 중남미를 차로 여행하면서 관광객의 발길이 전혀 닿지 않던 산골 마을들을 방문했지만 그곳에도 이미 온갖 문명의 이기가 들어와 있었고, 티베트엔 접대부가 있는 술집까지 성행했다. 라싸에서 지프를 타고 일주일이나 걸려서 찾아갔던 구게 왕국에서는 김희선의 브로마이드를 보았다. 사하라 사막에 가도 잘 차려 놓은 베두인 텐트가 기다리고 있었고, 아프리카의 오지도 못 갈 곳이 없었다. 심지어 에베레스트마저 돈만 있으면 올라갈 수 있는 세상이다. 문제는 돈이다. 이런 현실에 부딪치면서 나는 오지 여행에 대한 미련을 버렸다. 그 후 몇 년 동안은 축제를 찾아다녔고, 지금은 카사레스처럼 조용한 마을에서 유유자적하는 것을 좋아하게 되었다. 세상과 단절되지도 않고, 그렇다고 복잡하지도 않은 이런 작은 마을에서 익명의 존재로 머물다 보면 그렇게 편할 수가 없다.

에스파냐 광장에서 클라라 일행을 만났다. 런던에서 화보 촬영차 왔다는 클라라가 마을에서 유일하게 머물고 있던 동양인인 내게 호기심을 보이며 먼저 말을 걸어왔다.

"여기는 어떻게 알고 왔어요?"

"잡지에서 보고 꼭 와 보고 싶었어요."

"저도 화보 촬영차 왔어요. 여기 정말 멋진 마을이죠. 이렇게 하얀 도시는 처음 봤어요."

클라라와 남자 모델, 포토그래퍼 등 다섯 명으로 구성된 클라라 일행은 조용한 마을에서 단연 돋보였다. 그들이 사진을 찍을 때마다 마을 사람들이 모두 쳐다보았다. 클라라 일행과 헤어져 마을 뒷산에 있는 성벽으로 향했다. 성당 왼쪽의 비탈진 골목을 따라 10분 남짓 걸어가니 산꼭대기에 옛 성당과 아랍 성채가 나타났다. 무어 인들이 카사레스를 지배하던 시절에 만든 성채는 폐허였다. 오랫동안 역사의 산 증인이 되어 마을의 흥망성쇠를 지켜봤을 성채였지만 세월의 무게를 이기지 못하고 초라한 모습으로 남아 있는 게 아쉬웠다. 성채 가운데에는 작은 성당과 묘지가 있었다. 지금은 초라하고 볼품없는 성당에 불과하지만 한때는 카사레스 주민들의 신앙의 중심이었으리라. 성당 옆에 있는 공동묘지는 그 순백의 모습이 매우 강렬해 그곳에 묻힌 사람들은 죽은 후에도 영혼이 맑을 것 같았다. 아파트식으로 층층이 이어져 있는 묘지는 곳곳에 화사한 꽃이 놓여 있어서 이곳이 묘지라는 사실을 의심케 했다.

아랍 성벽에서 이 도시를 바라보면 백색의 마을이라는 카사레스의 이미지를 그 어느 곳보다 선명하게 각인할 수 있다. 마을을 뒤덮고 있는 흰 벽과 주황색 지붕, 사이사이에 붙어 있는 창문들이 이뤄 내는 조형적 완성도가 기가 막히다. 간혹 베란다에 널려 있는 옷가지들이 이 정연한 질서를 깨지만 그조차도 아름답다. 굳이 꾸미지 않은 맨살 그대로의 모습으로도 가슴을 흔들리게 하는 풍경이다.

성벽 뒤편에선 마을 풍경과 노란 야생화가 어우러진 초원 지대 그리고 지중해의 푸른 바다가 펼쳐진다. 해질 무렵에는 흰색 집들이 연한 보랏빛으로 변하는 장엄한 풍경을 지켜볼 수 있다. 하얀 마을에 새로운 색조를 가미하며 해가 구릉 저편으로 사라지는 모습은 한 편의 시처럼 아름답다. 카사레스, 그곳을 떠올릴 때면 지금도 그 풍경들이 마음에 물든다.

하얀 풍차가 들려주는

에게 해의 신화

미코노스
Mykonos

눈부시게 빛나는 태양과 감청색의 짙푸른 바다, 하얀 집들이 선명하게 대비된다. 에게 해의 바람을 가득 안은 풍차는 자신의 존재를 확인시키듯 힘차게 돌아간다. 푸른 바다에 점점이 흩어져 있는 다채로운 색채의 고깃배와 항구 앞을 어슬렁거리는 펠리컨이 만들어 내는 풍경은 그 자체가 한 장의 그림엽서가 되고 만다. 이 모두가 에게 해의 이미지를 가장 강렬하게 보여 주는 섬, 미코노스에서 볼 수 있는 풍경들이다.

미코노스에서 페리가 도착하는 순간은 언제나 분주하다. 에게 해에서 가장 많은 관광객이 찾는 섬답게 떠나는 사람과 도착하는 사람 또 그들을 맞이하는 사람들로 뒤얽혀 북적거린다. 페리에서 내려 시내로 들어가는 순간, 사람들은 미코노스의 눈부신 색채감에 놀라게 된다. 하얀 집과 눈부신 햇살, 파란 창문과 발코니 그리고 밝은 제라늄과 부겐베리아 꽃이 펼쳐 내는 풍경은 시선을 어디로 돌려도 좋을 만큼 그림처럼 아름답다.

미코노스는 220여 개의 섬으로 이루어져 있는 키클라데스 제도의 섬 중에서도 가장 아름다운 섬이다. 미코노스는 올림포스의 신들과 거인족 기간테스가 신들의 지배자 자리를 놓고 치열하게 싸움을 벌이던 신화의 땅으로, 헤라클레스가 거인족을 섬멸하기 위해 던진 거대한 바위 덩어리가 섬이 된 것이라고 한다. 미코노스란 섬 이름도 아폴론의 손자인 미콘스(Mykons)의 이름에서 유래한 것이다. 미코노스는 한때 에게 문명을 꽃피운 곳이지만 아쉽게도 현재 남아 있는 고대 유적은 거의 없다. 하지만 파란 하늘과 바다, 풍차, 해변, 고양이, 작고 아담한 교회 등이 만들어 내는 로맨틱한 분위기는 여행자를 사로잡고도 남는다.

미코노스는 항구를 중심으로 타운이 형성되어 있다. 항구로 걸어가니 미코노스의 명물인 펠리컨이 반갑게 맞이한다. 펠리컨은 자신이 미코노스의 스타임을 아는지 여행자들이 카메라 세례를 퍼부어도 도망가기는커녕 더욱 도도한 자태를 뽐낸다. 항구는 섬사람들의 삶의 원천을 가감 없이 보여 준다. 작은 고깃배에서 한가로이 어망을 손질하고 있는 어부의 모습이 소박하고 정감 있게 다가온다. 어부들에게 이 섬은 관광지라기보다는 수천 년을 이어온 생활의 터전일 뿐이다. 항구 앞의 카페에 앉아 무심한 얼굴로 고깃배를 바라보고 있는 관광객의 모습이 그들과 다르게 이질적으로 느껴지는 것도 이 때문일 것이다.

항구 뒤로는 섬의 중심지인 호라(Hora)가 펼쳐진다. 미코노스 타운이라고도 불리는 호라는 항구의 소박함과는 전혀 다른 세계를 보여 준다. 미로처럼 복잡한 골목으로 들어서니 보석 가게, 카페, 디스코텍, 선물 가게, 레스토랑 등 아기자기하면서도 세련된 상점들이 살며시 그 모습을 드러낸다. 나는 조개껍데기로 만든 액세서리와 풍차, 엽서 등을 파는 선물 가게에서 잠시 넋을 놓았다가 다시 골목 여기저기를 누볐다. 골목의 색채감은 선명했다. 밝게 칠해진 파란색의 발코니와 붉은 부겐베리아 꽃이 흰 벽을 덮고 있는 모습이 눈부시게 화사했다. 바닥까지 하얀 골목을 바구니에 과일을 잔뜩 실은 당나귀가 방울 소리를 딸랑이며 지나가는 모습은 필름 속에서나 볼 수 있었던 이국적인 풍경이었다. 파란 창문을 열면 이렇게 아름다운 풍경이 펼쳐지는 곳에 사는 사람들은 얼마나 행복할까?

호라는 반경 1km가 채 안 되는 작은 마을이다. 하지만 절대로 얕봐서는 안 된다. 호라의 골목은 좁고 복잡한 데다 온통 흰 벽으로 둘러싸인 풍경이 무척 똑같아서 어디가 어디인지 구분하기가 힘들다. 미코노스를 여러 차례 방문한 나 역시 종종 길을 잃곤 했다. 하지만 미코노스에서는 길을 잃는 것조차도 즐겁다. 발길 닿는 대로 걷다가 마음에 드는 피사체를 카메라의 앵글에 담으면 어느새 미코노스의 매력에 흠뻑 빠져들게 된다.

이런 미코노스의 풍경에 매료되었던 무라카미 하루키는 이 섬에 머물며 〈상실의 시대〉를 쓰기 시작했다. 하루키는 미코노스가 지나치게 관광지다워서 일을 하려면 더 조용하고 차분한 섬을 찾아가야겠다는 인상을 받았으면서도 결국은 이곳에서 한 달 반 동안이나 머물렀다. 하루키에게 미코노스는 안식과 창작의 터전이었다.

여름철의 호라는 낮과 밤의 경계가 바뀐다. 낮에 해변에서 쉬던 사람들이 어두워지면 서서히 골목으로 몰려든다. 호라의 피크 타임은 저녁 9시부터 새벽 3시경이다. 상점과 레스토랑, 클럽들이 대부분 새벽까지 영업을 하기 때문에 여행자들도 모두 이 시간에 생활 리듬을 맞춘다. 이 시간의 미코노스는 낮과는 전혀 다른 색채감을 보여 준다. 조명과 어우러진 하얀 집들은 황금빛을 발한다. 바다까지 황금빛으로 물들이며 변해 가는 모습이 마치 야누스의 얼굴을 닮은 듯했다.

미코노스에서는 어디서나 쉽게 고양이를 만날 수 있다. 고양이는 이 섬의 또 다른 주인이다. 미코노스의 고양이는 순하지만 사육당하지는 않는다. 어쩌면 고양이가 섬에서 가장 자유로운 존재일지도 모른다. 그들은 햇살이 비치는 동안은 절대로 집으로 들어가지 않는다. 하얀 집들이 넘실거리는 골목이나 항구, 담장, 지붕 위에서 마음껏 쉬고 뛰어다니며 여행자의 시선을 사로잡는다. 때로는 위험을 무릅쓰고 타베르나까지 찾아와 여행자의 발목을 간질인다. 타베르나에는 생선 한 조각을 던져 줄 친절한 손님이 한두 명쯤은 있다는 것을 경험을 통해 알기 때문이다. 만약 당신이 식사를 하고 있을 때 고양이가 옆에 와서 엎드린다면 그들에게 친절한 손님이 되어 주는 것은 어떨까?

한낮의 태양이 뜨겁게 내리쬘 무렵 파라다이스 비치로 향했다. 파라다이스 비치는 미코노스의 여러 해변 중에서 내가 가장 좋아하는 곳이다. 물가가 저렴한 데다 누디스트들이 많이 찾는 곳이라 젊은이들에게도 최고로 인기 있는 이 해변은 내게도 젊은 날의 추억이 어린 곳이다. 20대 때 나는 이곳 캠핑장에 머물며 세계 각국의 젊은이들과 어울렸다. 그때는 가난했지만 젊음과 패기가 있었기에 두려울 것이 없었다. 눈앞에 펼쳐진 바다와 늘씬한 미녀, 시원한 맥주 한 잔이면 더할 나위 없이 행복했다.

이 해변을 잊지 못하는 또 다른 이유는 한 여인 때문이다. 몇 해 전에 이곳을 찾았을 때 엎드린 채 일광욕을 하는 젊은 여인을 발견했다. 정말 눈부신 몸매였다. 오일을 바른 엉덩이에는 멋진 문신이 새겨져 있었다. 햇빛을 받아 반짝이는 문신을 보며 나는 엉덩이만 클로즈업해서 사진을 찍고 싶은 충동이 들었다. 찍을까 말까 한참을 고민하다 결국은 포기하고 말았다. 카메라를 만지작거리며 여인에게서 시선을 떼지 못하는 나를 쳐다보는 주변의 따가운 시선을 견딜 수 없었기 때문이다. 사진을 찍을 때는 마음에 드는 피사체가 있으면 어떤 상황에서도 결과물을 만들어 내야 한다. 얼굴을 찍고자 하는 것이 아니었기 때문에 그 여인에게 양해를 구했다면 어쩌면 흔쾌히 승낙했을 수도 있었다. 하지만 나는 순간의 쑥스러움 때문에 그 기회를 놓치고 말았다. 만약 다시 그때로 돌아간다면 사진을 찍을 수 있을까? 아마 또 다시 고민을 하겠지. 해변에서 사진을 찍는 일은 지금이나 그때나 딜레마가 아닐 수 없다.

미코노스의 생활이 무료하게 느껴진다면 델로스 섬으로 가 보도록 하자. 미코노스에서 배로 40분 거리에 있는 델로스 섬에는 그리스 최대의 고고학 유적이 남아 있다. 미코노스가 통속적인 쾌락과 세속의 즐거움을 표현한다면 델로스는 그리스에서 가장 신성한 섬이다. 신화에 따르면 제우스의 애인 레토가 아폴론과 달의 여신 아르테미스를 낳은 곳이 바로 이 섬이다. 이 때문에 남북 5km, 동서가 1.3km에 지나지 않는 이 작은 섬은 델로스 동맹의 본거지가 되어 고대 그리스의 정신적인 지주가 될 수 있었다. 섬의 초입에는 델로스 섬을 상징하는 아홉 마리의 사자상이 있다. 델로스의 영광과 몰락을 모두 지켜본 역사의 산증인인 이 사자상은 세월의 흐름 속에 현재 다섯 마리만 남아 있다. 델로스 섬은 거대한 주춧돌과 돌덩이만이 옛 영화를 보여 주고 있지만 마치 섬 전체가 커다란 야외 박물관을 연상케 할 정도로 엄청난 규모를 자랑한다. 에게 해 대부분의 섬이 그렇지만 델로스는 그 어떤 섬보다 황량하다. 잡풀만이 자랄 뿐 섬 어디에서도 나무 한 뿌리 찾아보기 힘들다.

지중해의 강렬한 기운이 바다 저편으로 넘어갈 즈음이면 호라 동쪽 끝의 풍차가 있는 언덕으로 가야 한다. 야트막한 언덕에 있는 이 풍차는 미코노스를 대표하는 중요한 이미지이다. 풍차 아래쪽으로 바다와 호라가 만나는 지점에는 '작은 베니스'라 불리는 곳이 있다. 이곳은 연인들이 가장 좋아하는 장소이다. 미코노스를 찾은 연인들은 누구나 타베르나의 노천 테이블에 앉아 일몰을 맞이한다. 마치 생명을 다한 듯 사방을 붉게 물들이며 사라지는 태양의 마지막 모습은 감각을 마비시킬 정도로 눈부시다. 하지만 그보다 더 아름다운 것은 와인 잔을 기울이며 일몰을 바라보는 연인들의 모습이다. 사랑하는 이와 함께 있다면 그 어느 곳이든 아름답지 않으리.

포르투갈 여왕들을
사로잡은 성곽 도시

오비두스
Obidos

오비두스는 포르투갈의 숨겨진 보석과도 같은 도시이다. 무어 양식의 성벽에 둘러싸여 있는 중세풍의 이 작은 도시는 '여왕의 마을'이라는 애칭에 걸맞게 아름답고 사랑스럽다. 하얀 회반죽을 바른 집들과 아랍 성벽의 멋진 조화 그리고 마을 밖에 펼쳐진 호젓한 시골 풍경까지 보는 이의 눈을 현혹시킨다.

포르투갈은 내가 유럽에서 마지막으로 찾았던 나라이다. 유럽을 수십 차례나 여행하는 동안 포르투갈은 행선지에서 늘 빠져 있었다. 옆 나라인 스페인을 빈번하게 드나들면서도 이상하게 포르투갈은 찾지 않았다. 포르투갈을 처음 방문한 것은 몇 해 전, 스페인과 모로코를 한 달간 여행하면서이다. 포르투갈에 처음 도착한 순간 나는 묘한 매력에 사로잡혔다. 유럽의 다른 나라에서는 찾아볼 수 없는 독특한 분위기와 저렴한 물가, 친절한 사람들 그리고 의외로 많은 볼거리가 순식간에 이 나라에 끌리게 만들었다. 포르투갈의 많은 도시에 매료되었지만 그중에서도 가장 인상적인 곳은 오비두스였다. 여행자들을 통해 이름만 알고 찾아갔던 오비두스는 아기자기하면서도 예쁜 도시였다. 중세풍의 거리와 골목, 선물가게, 성벽을 따라 이어지는 산책로가 멋진 분위기를 자아냈다.

오비두스는 리스본에서 북쪽으로 80km 정도 떨어져 있는 성곽 마을이다. 7~8세기경 북아프리카의 무어 인들이 지브롤터 해협을 건너 이베리아 반도를 점령했을 때 오비두스도 무어 인들의 도시가 되었다. 무어 인들은 마을에 하얀 회반죽을 바른 집을 짓고 둘레에는 방어용 성벽을 쌓았다. 오늘날 오비두스에 남아 있는 이미지는 모두 당시에 만들어진 것들이다. 수백 년 동안 무어 인의 지배를 받던 오비두스는 12세기 중엽이 되어서야 다시 기독교도들의 품에 안겼다. 오비두스를 사랑했던 디니스 왕은 1282년 이사벨 왕비에게 결혼 선물로 이 도시를 선사했다. 그때부터 600년 동안 포르투갈의 군주들에게 오비두스를 결혼 선물로 선사하는 것은 하나의 관습이 되었다. 이런 연유로 오비두스는 지금도 '여왕의 마을'이라는 애칭으로 불리며, 유럽에서 가장 로맨틱한 중세 마을 중 하나로 손꼽힌다.

마을로 들어가는 길에는 성벽의 규모에 비해 아담한 크기의 아치형 성문이 눈길을 끌었다. 중세 시대 성문의 엄청난 규모에 압도당한 적이 많았던 터라 차 한 대 겨우 들어갈 정도의 오비두스의 성문이 오히려 정겹게 느껴졌다. 성문 안으로 들어가니 벽과 천장에 놓인 아름다운 아줄레주(azulejo) 장식이 오비두스로의 입성을 환영하듯 반겼다. 아줄레주는 유약을 입힌 푸른 타일을 말하는데 포르투갈의 건축물과 장식 예술에서 빼놓을 수 없는 중요한 특징이다. 주로 건물의 내부를 장식하는 데 쓰이며 그 화려함과 섬세함이 아름다움의 극치를 보여 준다.

성문을 통과하니 성 밖에서 보던 것과는 전혀 다른 세상이 펼쳐졌다. 돌조각이 촘촘히 깔린 골목길과 하얀 회벽에 주황색 지붕의 집들, 벽을 타고 올라오는 담쟁이덩굴과 집집마다 창문에 내걸린 꽃 화분이 마음을 사로잡았다. 골목 안으로 들어가니 옷과 세라믹, 포도주, 엽서 등을 파는 가게와 레스토랑이 한 집 건너 하나씩 보였다. 가게 안을 기웃거리며 이 물건 저 물건 구경하다 보면 심심할 틈이 없었다. 오비두스의 건물들은 일관된 색채를 보여 주었다. 건물의 벽은 모두

흰색으로 칠하고, 벽면의 아랫부분은 짙은 노란색과 파란색으로 칠해서 흰색을 더욱 두드러지게 했다. 노란색과 파란색은 오비두스 시 깃발의 바탕색인데, 주민들은 이 색들이 나쁜 기운을 물리친다고 믿는다.

정형화된 건물의 구조와 색채가 조금은 밋밋할 수도 있는 풍경이나 화사한 꽃과 오렌지나무, 운치 있는 골목이 어우러지면서 마을을 더욱 사랑스럽게 만들었다. 사진가들에게 이런 골목은 아주 매력적이다. 어느 곳으로 앵글을 돌려도 엽서와 같은 사진을 얻을 수 있기 때문이다. 굳이 사진작가가 아니더라도 어느 정도 감각이 있는 사람이라면 누구나 훌륭한 사진을 얻을 수 있다.

나는 골목을 천천히 거닐며 마을을 음미했다. 워낙 작은 마을이라 급하게 다닐 이유가 없었다. 때론 이런 마을에서 지나온 날들을 되돌아보는 것도 내겐 여행의 큰 즐거움이다. 도시를 여행할 때는 모든 것이 빠르게 돌아간다. 물가가 비싼 데다 볼거리도 많고 관광객이 홍수를 이루니 차분하게 사유할 수 있는 시간이 없다. 그러다 보니 많은 곳을 본 것 같으면서도 오히려 더 많은 것을 놓치는 경우가 많았다. 어떤 사물을 이해하려면 충분한 시간을 갖고 차분히 관찰해야 한다. 그래야 그 사물의 본질에 좀 더 가까워질 수 있다. 속도를 줄이자 처음에는 보이지 않던 오비두스 사람들의 소소한 일상이 보이기 시작했다. 빨래를 널고 있는 여인, 정원을 다듬고 있는 사람들, 학교에 다녀오는 개구쟁이 아이들, 담배를 피며 이웃과 담소를 나누는 할아버지 등 오래된 도시에서 살아가는 사람들의 한가로운 삶이 드러났다.

마을에는 작은 광장이 하나 있었다. 대도시의 광장에 비하면 너무 작아서 마당이라는 표현이 더 어울릴 만한 곳이지만 오비두스에는 아주 잘 어울리는 광장이다. 그만큼 오비두스는 앙증맞은 도시다. 광장 정면에는 산타 마리아 교회(Santa Maria Church)가 있다. 한적한 시골 교회를 연상케 하는 이 교회는 1444년, 당시 10살이었던 알폰소 5세(Alfonso V)가 8살의 사촌 이사벨과 결혼식을 올린 곳으로 유명하다. 교회는 작지만 내부는 꽤 화려한 아줄레주로 치장되어 있다. 1775년에 포르투갈을 강타한 대지진으로 이 성당도 큰 피해를 입었으나 지금은 완벽하게 복원되었다. 교회 앞에는 교회 높이만큼이나 큰 나무 한 그루가 수호신인 양 턱 하니 버티고 있다.

오비두스는 성곽 도시이다. 마을 내부를 무어 인이 쌓은 성벽이 뺑 둘러싸고 있다. 오비두스 여행의 하이라이트는 바로 이 성벽을 따라 걷는 것이다. 성벽 위에 넓은 보도가 있어서 오비두스와 주변 지역의 풍경을 한눈에 내려다볼 수 있다. 성벽을 따라 걷다 보면 오비두스의 풍경이 보다 현실적으로 다가온다. 골목에서 벗어나 다른 각도에서 관찰하는 오비두스의 풍경은 골목에서 보던 것과는 다르다. 골목에서 나무를 봤다면, 성벽에선 숲 전체를 조망하는 느낌이다. 하얀

벽 위에 가지런히 쌓여 있는 붉은 기와들, 그 사이사이로 펼쳐지는 좁은 골목 그리고 성벽 밖의 포도밭까지 한눈에 펼쳐진다. 나는 내가 살고 있는 수원에서도 종종 성곽 순례를 한다. 하지만 오비두스의 성곽에 비해 규모가 크고 도시화되었기 때문에 감동은 별로 느끼지 못한다. 어쩌면 내가 일상적으로 접할 수 있는 성벽이기 때문에 더 그럴지도 모른다. 내가 오비두스로 왔듯이 어디선가 수원으로 여행 온 사람들은 내가 오비두스에서 느끼는 것과 마찬가지의 감동을 느낄 지도 모르겠다.

성벽을 걸으며 낙안 읍성을 떠올렸다. 건물 형태는 다르지만 성곽에 둘러싸인 마을과 그 공간에 서 살아가는 사람들의 모습이 낙안 읍성과 흡사했다. 성벽과 마을의 규모도 비슷하다. 다른 것 이 있다면 오비두스의 성벽이 높고 견고하다면 낙안 읍성은 적을 막기에는 너무나 낮다는 것이 다. 낙안 읍성에 처음 갔을 때 나는 수백 년 전의 공간과 고즈넉한 풍경, 과거와 현재의 경계 속 에서 살아가는 사람들의 삶에 푹 빠졌다. 오비두스도 그때와 비슷한 느낌으로 내게 다가왔다.

성벽의 북쪽 끝에는 15세기에 쌓은 성이 우뚝 솟아 있다. 위풍당당한 모습을 하고 있는 이 성은 요새로 지어진 후 16세기에 궁으로 그 용도가 바뀌었다가 지금은 그 일부가 호텔로 이용되고 있 다. 아홉 개의 객실을 갖춘 이 호텔은 포르투갈에서 가장 멋진 분위기를 보여 주는 호텔이다. 귀족적인 분위기가 물씬 풍기는 홀에는 갑옷과 투구들이 전시되어 있다. 중세 영주의 성이 이럴까? 이 호텔에 머물고 싶은 충동이 살짝 들었지만 넉넉지 못한 주머니 사정이 이를 용납하지 않았다. 성은 오비두스에서 가장 높은 곳에 위치하고 있어서 그곳에서 내려다보는 부감(俯瞰)이 꽤 훌륭했다. 뱀처럼 굽이쳐 있는 성벽과 다닥다닥 붙어 있는 집 그리고 성 밖의 평원이 파노라마처럼 펼쳐지며 눈을 즐겁게 했다.

오비두스를 떠나면서 못내 아쉬웠다. 여행을 하다 보면 발길이 떨어지지 않는 도시들이 종종 있다. 그런 곳에서는 발길을 돌리더라도 아쉬운 마음에 언젠가는 꼭 다시 돌아오겠다고 마음먹는다. 하지만 나는 안다. 불확실한 미래를 살아가는 가난한 여행자가 한때의 추억을 기억하기 위해 그곳을 다시 찾아간다는 것이 얼마나 힘든 일인지를……. 하지만 다시 돌아갈 수 없다 하더라도 슬퍼하지는 않으리. 오비두스는 이미 내 마음속에 존재하고 있으므로…….

하늘 아래 첫 땅이
시작되는 곳

히말라야
Himalaya

지구상에서 가장 높은 곳, 에베레스트. 수많은 산악인이 목숨을 걸고 그곳에 오르고자 한다. 도대

체 무엇이 그들을 죽음과도 같은 길로 이끄는지 히말라야가 연출하는 장엄한 풍경을 눈으로 보기

전에는 알지 못했다. 은백색으로 빛나는 설산과 칼날 같은 능선, 바람과 구름이 만들어 내는 태곳

적 신비, 그것은 경이로움이었다. 할 수만 있다면 살아 숨 쉬는 동안 꼭 한 번은 히말라야에 가 보

기를……

에베레스트 베이스캠프 옆엔 작은 절과 탑이 있고, 눈앞에는 웅장한 에베레스트가 손에 잡힐 듯하다. 마침 해질녘이라 머리에 흰 눈을 쓰고 있는 히말라야의 영봉이 황혼에 물들어 붉게 물들고 있었다. 그 장엄한 광경을 보기 위해 캠프 옆의 작은 언덕으로 올라갔다. 붉은 빛으로 물들어가는 히말라야가 연출하는 퍼포먼스 앞에서 나는 숨이 막힐 듯한 전율을 느꼈다. 억만년을 살아온 히말라야가 만들어 내는 아름다움은 환상과도 같았다. 에베레스트가 붉은 옷으로 완전히 갈아입는 그 찰나의 순간은 환상의 세계를 뛰어넘은 성스러움이었다. 히말라야의 눈 쌓인 봉우리들은 인간 세상의 죄를 씻어 내린다더니, 정말 그래 보였다.

눈앞의 능선만 넘으면 바로 닿을 것 같은 에베레스트. 저 정상에 오르기 위해 얼마나 많은 사람이 목숨을 잃었을까? 또 얼마나 많은 사람이 생과 사의 갈림길에서 고통과 좌절을 겪어야 했을까? 어쩌면 저 설산에 말없이 누워 있는 사람들은 그래도 행복할지 모른다. 히말라야를 한 번도 보지 못하고 죽는 사람들이 대부분일 테니……. 히말라야를 꿈으로만 간직한 채 살아가는 사람들에 비하면 멀리서나마 히말라야를 볼 수 있는 나는 또 얼마나 행복한가. 누군가 행복이란 추구하는 것이 아니라 누리고 만끽하는 것이라 했는데 지금 이 순간 나는 가진 것 없어도 최고의 행복을 만끽하고 있는 게 아닌가 하는 생각이 들었다. 세찬 바람이 귓가를 스쳐 왔다. 10월 말의 베이스캠프는 춥고 고독했다. 인적이라고는 우리와 스위스 여행자뿐이었다. 나를 포함한 다섯 명의 일행, 치과 의사이자 내 여행 친구인 성욱 씨, 라싸에서 만난 서구 씨 그리고 성지 순례를 떠나 온 지윤 스님과 원해 스님이 한 달 간 티베트 여행을 같이한 동반자들이다.

해가 떨어지자 히말라야의 밤은 금방 찾아왔다. 밤이 되면서 추위가 더욱 맹위를 떨쳤다. 살을 에는 듯한 차가운 바람에 텐트로 몸을 숨겼다. 여행자를 위한 텐트 안은 제법 넓었고, 가운데는 난로가 놓여 있었다. 텐트 주인인 라모는 20살의 순박한 티베트 처녀였다. 그녀가 소똥을 넣어 난로를 지피다가 갑자기 눈물을 흘렸다. 스님들을 보니 출가해 비구니가 된 언니가 생각난다며. 언니를 본 지 오래되었다며 지윤 스님께 반야심경을 부탁했다. 스님이 한 차례의 독경을 마쳤지만 라모는 계속해서 독경을 부탁했다. 추위에 떨던 지윤 스님이 그녀에게 난로에 소똥을 더 넣어 주면 해 주겠다고 말했다. 라모의 텐트에는 소똥이 반 자루밖에 남아 있지 않아서 난로를 조금밖에 피워 주지 않았다.

"소똥 더 넣어 주면 해 주마."

"반야심경 먼저 해 주세요."

소똥을 놓고 벌이는 스님과 라모의 협상에 우리는 자지러지고 말았다. 밝고 유쾌한 성격의 지윤 스님은 언제 어디서든 사람을 즐겁게 해 주었다.

"마하반야 바라밀다……."

지윤 스님이 다시 반야심경을 독경했지만 라모는 또 다시 소똥을 넣는 시늉만 했다. 얼마 남지 않은 소똥인지라 아끼는 것 같았다. 전기도 없고, 나무나 화석 연료도 구할 수 없는 이곳에서 소 똥은 유일한 땔감이었다. 결국 추위를 견디다 못한 지윤 스님이 우리에게 소똥 좀 구해 오라고 했다. 이미 칠흑 같은 어둠이 사방을 뒤덮은 이 밤에 어디 가서 소똥을 구한단 말인가? 난감해 하던 순간 낮에 보았던 옆 텐트의 소똥이 떠올랐다. 옆 텐트에는 세 자루의 소똥이 쌓여 있었다. 서구 씨와 나는 조심스레 옆 텐트로 다가가서 소똥 한 자루를 훔쳐 왔다. 히말라야에서 소똥 도 둑이라니, 정말 황당한 일이었다. 하지만 어쩌랴. 히말라야의 세찬 바람이 더 무서운 것을. 소똥 의 효력은 기대 이상이었다. 바싹 말린 소똥은 냄새도 나지 않고, 화력도 훌륭했다.

몸에 온기가 돌자 히말라야의 밤하늘이 보고 싶어졌다. 달빛이 황홀하게 비치던 그 밤, 어둠 속 에서 에베레스트가 하얀 자태를 뽐내고, 밤하늘엔 별들이 수를 놓고 있었다. 낮과는 또 다른 풍경이었다. 이렇게 아름다운 밤하늘은 파키스탄 훈자에서 본 이후 처음이었다. 사람들은 먼 옛날부터 우주에 대한 막연한 경외감을 갖고 있었다던데, 히말라야의 이 황홀한 밤을 한 번이라도 본다면 그 경외감이 더욱 샘솟는 것을 느끼리라.

나는 별을 보면서 니마트롱, 다와짜시, 손남뜨루 삼 형제를 떠올렸다. 쓰촨성에서 카일라스까지 2년 6개월 동안 오체투지 순례를 하던 삼 형제를 그 순례의 마지막 날 카일라스에서 만났다. 오랜 고행 끝에 얼굴에 피부병까지 생긴 삼 형제는 물과 먹을 것을 달라고 했다. 그들이 왜 그토록 엄청난 고행을 자초했는지 그때는 몰랐다. 아니 이해할 수가 없었다. 나는 히말라야가 주는 자연의 경이로움을 보고서야 겨우 깨달았다. 욕망이 유령처럼 떠도는 도심에서 살다 온 내가 영혼의 눈빛을 가진 그들을 이해하려 한 것 자체가 잘못이었다는 것을. 육신의 몸은 헐벗었지만 몸 안에 들어 있는 영혼만은 누구보다도 맑았던 삼 형제. 물질이 아닌 신에 대한 신심으로 세상을 보던 그들을 생각하며 한없이 작아지는 느낌이 들었다. 나는 히말라야의 신들에게 간절히 기원했다. 그들의 순례가 무사히 끝나게 해 달라고. 그렇게 히말라야의 밤은 깊어 갔다.

다음날 아침, 에베레스트가 잠에서 깨어나고 있었다. 여명의 순간은 일몰과는 또 다른 장관이었다. 새벽 기운을 떨치고 산언저리부터 붉은빛이 번지더니, 어느새 모습을 꽁꽁 감추었던 봉우리

가 모습을 드러냈다. 화려한 일출이었다. 만년설로 뒤덮인 에베레스트의 하얀 봉우리가 이미 붉은빛을 잃은 태양에 반사되어 빛나는 모습이 환상적이었다. 지구상에서 가장 높은 빛을 뚫고 에베레스트가 선명한 존재감을 나타내는 그 장엄한 풍경. 그건 마치 세상이 새로 열리는 것 같았다. "태양은 끝없이 펼쳐진 푸른 하늘에서 쨍쨍 내리쬐고, 눈 쌓인 봉우리들의 바다는 그지없이 투명한 공기 속에 아로 새겨놓은 듯이…… 원초 그대로의, 건드려서는 안 될 것 같은, 하늘에 우뚝 선 완벽한 미"라고 말한 영국의 등산가 조 심프슨의 말은 결코 허언이 아니었다.

얼마 후 히말라야 방향에서 야크 떼에 짐을 잔뜩 실은 사람들이 나타났다. 나는 눈을 의심했다. 산악인들의 짐을 실어 주고 내려오는 짐꾼인지 아니면 히말라야를 넘나드는 캐러밴인지 도무지 알 수 없었다. 도대체 저들이 어디서 나타났을까. 저 능선 너머로 길이 있단 말인가. 갑자기 능선 너머의 풍경이 궁금해졌다. 나는 베이스캠프 너머로는 더 이상 들어가지 말라는 경고문을 무시하고 야크 떼가 왔던 방향으로 걸어갔다. 그곳으로 걸어가면 히말라야를 더 가까이 볼 수 있을 것 같았다. 한동안은 평평한 석회석 길이 이어졌다. 눈이 많이 쌓인 정상부와 달리 중턱에는 석회질 성분이 많아 거칠고 황량한 풍경이었다. 금방이라도 손에 잡힐 것 같던 히말라야는 가면 갈수록 더 그 모습을 감추었다. 히말라야는 사막의 신기루와도 같았다.

한 시간 남짓 걸어가니 작은 물웅덩이가 나타났다. 빙하가 녹으면서 생긴 것이었다. 흙처럼 보이던 바닥 아래로 깔린 시퍼런 빙하를 보니 갑자기 두려운 생각이 들었다. 혹시 길을 잘못 들어 크레바스에라도 빠지면 어쩌나. 개미 한 마리 보이지 않는 이곳에서 나를 도와줄 사람은 아무도 없었다. 당장 발길을 돌리고 싶은 충동이 들었지만 조금만 더 가 보기로 했다. 저 능선만 넘으면 히말라야의 설산도, 그곳에 산다는 설인도 볼 수 있을 것 같았다. 하지만 그것은 나의 바람일 뿐이었다. 두 시간을 더 걸었지만 산은 점점 더 멀어져만 갔다. 온몸에 힘이 빠지고, 숨이 턱 밑까지 차올랐다. 걷기만 해도 이렇게 힘든데, 저 산을 오르는 산악인들은 얼마나 고통스러울까. 아마도 심장이 터질 듯한 고통과 한 발자국도 뗄 수 없는 육체적 무력감이 밀려올 테지. 그 모든 것을 극복하고 정상에 선 사람들이 그 어느 때보다도 위대하게 느껴졌다.

베이스캠프로 돌아오는 길에 세찬 바람이 불어왔다. 얼음보다 차가운 바람이. 베이스캠프에서 도도한 자태를 뽐내는 에베레스트를 보며 어느 책에서 봤던 글귀를 떠올렸다.

"햇빛을 받은 이슬과도 같이, 영원토록 청정한 '눈의 집'을 보게 되면 모든 천한 것은 사라지고 만다."

바람이 머무는 곳, 히말라야는 그런 곳이었다.

Green

인간이 만든 푸른 천국의 계단 • 롱지티티엔
경이로운 자연의 속살 • 플리트비체
유쾌하고 신명나는 초록빛 축제 • 더블린

맨손으로 일군 천국의 계단

롱지티티엔
龍脊梯田

하늘과 구름이 시시각각으로 변하는 모습을 그대로 담아내며 산등성이까지 완전히 휘감은 다랑

논. 그 앞에 선 이들은 누구나 역경을 이겨 내고 장엄한 일을 이뤄 낸 인간의 위대함에 감탄하지 않

을 수 없다. 계림에서 약 100km 떨어진 롱지티티엔은 중국 최대의 계단식 논으로 자연 속에서

만들어 낸 인간 최고의 예술품이다.

"돌투성이 산비탈에다 농사 지을 땅을 만들어 내는 일은 생존의 터전을 잃고 죽음과 맞선 인간이 마지막으로 하는 일이자 인간의 인내와 의지와 성실을 가장 적나라하게 드러나게 하는 시험장이기도 했다."

중국 최대의 다랑논, 룽지티티엔(龍脊梯田). 이곳을 마주하며 조정래의 역사 소설《태백산맥》의 한 구절을 되새겨 본다. 산등성이까지 완전히 휘감아, 하늘과 구름이 시시각각으로 변하는 모습을 그대로 담아낸 이 다랑논 앞에 선 이들은 누구나 역경을 이겨 내고 장엄한 일을 이뤄 낸 인간의 위대함에 감탄하지 않을 수 없을 것이다.

버스에서 내리니 전통 의상을 곱게 차려 입은 야오 족 여인들이 수공예품을 팔려고 달려든다. 가난하지만 때 묻지 않은 얼굴이었다. 조금은 수줍은 듯, 티 없이 맑은 미소를 머금은 그들의 온순한 얼굴은 물질에 물들어 가기 전의 우리 옛 모습과 닮아 있었다. 상실한 것에 대한 향수일까? 그들의 얼굴은 그동안 봐 왔던 그 누구보다도 아름다웠다. 산길을 따라 걸어가니 동 족과 야오 족이 사는 마을이 나타났다. 이곳의 소수 민족은 습한 날씨 때문에 집을 2, 3층으로 짓는데, 1층에는 가축을 키우고 사람들은 위층에 기거한다. 집은 못을 사용하지 않고 나무를 끼워 맞춰 만드는데, 벽도 나무로 감싼 것이 이색적이다. 관광객의 발길이 늘고 있는지 여행자를 위한 숙소와 식당이 많이 보였다. 간혹 자신의 집에서 머물라고 호객 행위를 하는 사람도 있었다. 우리가 그랬던 것처럼 그들도 문명 세계에 노출되며 서서히 변하고 있었다.

마을을 지나 산으로 올라가니 산허리를 굽이굽이 휘감고 펼쳐진 다랑논이 나타났다. 완만하게 굴곡진 논의 풍경이 고요한 침묵 속의 아름다움을 보여 주었다. 가늘게 내리던 빗방울이 산등성이에 깔린 안개와 어우러져 시시각각으로 변하면서 신비로운 풍경을 연출했다. 수백 개의 층계를 이루며 물결치듯 휘어져 있는 다랑논의 형상이 마치 구름을 타고 승천하는 용의 등줄기처럼 보였다. 롱지티티엔, 즉 '용의 등줄기 같은 다랑논'이라는 이름과 잘 어울리는 풍경이었다. 중국에서 용은 가장 상서로운 동물로 여겨져 황제를 상징하기도 한다. 때문에 '용' 자를 넣은 이름을 아무 곳에나 붙이지 않는다. 이것은 그만큼 롱지티티엔의 풍경이 아름답고, 용의 등을 연상케 하는 산이 많다는 것을 뜻한다.

롱지티티엔은 원래 세상과 동떨어진 곳이었다. 옛날 전란에 피해 이곳으로 몰려든 소수 민족들이 생존을 위해 산을 일궈 논을 만들기 시작했다. 원나라 때부터 시작된 이 거대한 작업은 명나라 때까지 계속되었고, 수백 년이 넘는 긴 세월이 지난 지금, 이 논들은 인간이 자연에 맞서 땀과 정성으로 쌓아 올린 인류 문화의 발자취가 되었다.

다랑논을 일구자면 엄청난 노력과 고통이 뒤따른다. 우선 가파른 산비탈을 깎아 수평으로 만들어야 한다. 그러나 서투르게 깎아 내리다간 산사태가 나기 일쑤이다. 산사태도 막고 다랑논의 넓이도 늘려 지형에 맞게 논을 작게 깎아 가면서 논두렁을 쌓아야 한다. 논두렁은 최대한 좁게 만들어야 논배미가 조금이라도 더 넓어진다. 그러다 보면 크지도 않은 논들이 수백 층의 작은 계단을 이루게 되는 것이다. 다랑논 사이엔 사람과 물자의 이동을 위해 만들어 놓은 폭 1m 남짓의 좁은 길이 끝없이 이어져 있었다. 논에서 일하고 난 후 진흙의 미끄러움을 방지하기 위해 돌계단을 쌓아 만들었다. 사람들은 지금도 이 계단을 따라 양어깨에 등짐을 지고 물건을 운반한다. 긴 대나무의 양쪽 끝에 짐을 가득 채운 바구니를 매달고 뒤뚱거리며 힘겹게 계단을 오가는 모습이 보기만 해도 안쓰럽다.

롱지티티엔에는 생존을 위해 험준한 산을 개간한 사람들의 고단함이 그대로 묻어나 있다. 식구가 늘 때마다 더 많은 산비탈을 개간해야 했고, 그럴 때마다 논은 점점 산꼭대기까지 밀려 올라갔을 것이다. 오랜 세월이 지나면서 척박한 산비탈이 이제는 지형을 따라 부드럽게 펼쳐진 논으로 바뀌었다. 모나지 않은 그 모습은 땅을 길들이고 가꿔 낸 주인의 성실하고 순박한 심성을 그대로 닮았다. 관광객들의 눈앞에 펼쳐진 풍경은 한 폭의 산수화처럼 아름다울 뿐이지만, 그것을 일구며 살아온 사람들에게는 눈물겨운 삶의 현장인 것이다. 척박한 환경 속에서 고단한 삶을 이어 가면서도 그들은 넘실대는 나락을 보며 희망을 노래하고 생의 의지를 북돋웠으리라.

롱지티티엔에는 여러 곳의 뷰포인트가 있어서 걸어 다니면서 다양한 각도로 풍경을 감상할 수 있다. 전망대로 오르는 길에 논에서 일하고 있는 농부를 발견했다. 논두렁을 따라 그에게 다가가려 했으나 여의치가 않았다. 금방이라도 잡힐 듯했던 그의 모습은 수십 계단을 따라 내려갔건만 마치 사막의 신기루처럼 가까워지지 않았다. 층층이 펼쳐져 있는 논두렁은 눈으로 보는 것보다 훨씬 좁고 경사도 급했다. 위태롭게 몇 계단을 더 내려가다 결국은 논에 빠지고 말았다. 간신히 논에서 빠져 나오자 한참 전부터 물건을 팔기 위해 쫓아오던 야오 족 여인이 신발을 벗겨 흐르는 물에 정성스레 닦아 주었다. 감동적이었다. 비록 생계를 위해 관광객을 쫓아다니지만 그들 마음속에는 아직도 때 묻지 않은 순수함이 남아 있었다.

뷰포인트에서 내려다보니 하늘의 표정을 담아내며 끝없이 펼쳐진 논 자락과 그 사이사이에 드문드문 놓인 전통 가옥이 기막힌 아름다움을 연출했다. 이미 다랑논을 개간하기 위한 인간의 모든 고통은 아름다움으로 승화된 지 오래된 듯했다. 산자락 아래로 끝없이 펼쳐진 이 다랑논이야말로 인간의 의지로 자연 속에서 일구어 낸 최고의 예술품이 아니고 무엇이겠는가?

롱지티티엔은 계절마다 옷을 갈아입는다. 새로 자라 나온 풀이 가늘게 햇빛을 반사시키는 봄이 오면 초록 물결에 은띠를 두른 듯하고, 산들바람이 불어오는 여름이 되면 초록색의 벼는 거대하게 일렁이는 파도처럼 보인다. 가을이 깊어져 추수할 무렵이 되면 누런 곡식이 층계를 이루는데 그 모습은 황금으로 만든 탑 같고, 흰 눈이 내리는 겨울은 눈 덮인 백색의 세계에 흰 용이 꿈틀대는 듯한 착각을 일으킨다. 하지만 롱지티티엔과 가장 잘 어울리는 색은 초록색이다. 다랑논의 부드러운 곡선, 초록 물결이 넘실대는 벼 그리고 논에 고인 물이 함께 어우러지는 모습은 가히 절경이다. 이 그림 같은 풍경은 오랫동안 수많은 예술가와 사진가를 매료시켜 왔다.

롱지티티엔 주변에는 다랑논을 만든 주역인 소수 민족이 많이 살고 있는데 그들의 마을을 둘러보는 것도 이곳에서 맛볼 수 있는 색다른 재미이다. 이 지역에 사는 소수 민족들은 동 족과 장족, 야오 족 등인데 특히 야오 족이 많다. 젊은이 중에는 현대적인 의상을 입는 경우도 많지만 대다수는 여전히 전통 의상을 입고 생활한다. 야오 족 여인들은 진분홍색과 검정색이 가미된 윗도리에 검은색 치마를 입으며, 장 족 여인은 머리에 수선을 감고 검은색 옷을 입는다.

야오 족 신랑은 풍습에 따라 신부에게 결혼 예물로 귀걸이를 선물하는데, 귀걸이가 클수록 부유한 정도를 나타낸다고 한다. 그래서인지 이곳에서는 귓불이 늘어날 정도로 굵은 귀걸이를 한 여인들이 자주 눈에 띈다. 야오 족 여인들은 독특한 풍습을 간직하고 있다. 그들은 18세 때 머리카락을 자른 후에는 평생을 기른다. 이런 까닭에 야오 족 여인들의 머리카락은 대부분 1m가 훨씬 넘는다. 이들의 긴 머리카락은 야오 족의 명물이 되었고, 롱지티티엔을 알리는 그림엽서에도 야오 족 여인들이 전통 의상을 입고 머리를 푸는 사진이 빠지지 않고 등장한다. 관광객이 몰려들면서 사진 모델이 되어 생계를 유지하는 사람들도 점차 늘고 있는 추세이다.

롱지티티엔의 아름다움은 순수한 자연 그 자체라고 할 수는 없지만 자연과 인간이 한데 어울려 빚어낸 독특하고도 숭고한 아름다움이다. 척박한 자연 속에서 생존하기 위해 치열하게 몸부림친 인간이 오랜 세월에 거쳐 만들어 낸 산물인 것이다. 자연은 인간과 공존하는 대상이지 정복하고 지배해야 할 대상이 아니다. 그리고 인간은 자연과 떨어져서 존재할 수 없다. 이런 점에서 롱지티티엔은 자연과 인간의 조화를 보여 주는 좋은 본보기인 셈이다.

대자연에 마지막 한 점이자 인간의 손끝을 대어 완성한 천국의 아름다움을 지닌 롱지티티엔. 이곳에는 다랑논을 일구며 하늘의 얼굴을 담아내고 살아가는 성실하고 선량한 사람들의 웃음이 있다.

태고의 신비를 간직한

숲과 호수를 산책하다

플리트비체
Plitvice

하늘이 호수 빛깔과 같아 머리 위로 금방이라도 초록 물방울이 쏟아 내릴 것 같다. 옥빛 호수와 폭

포, 울창한 숲으로 둘러싸인 플리트비체 국립 공원. 호수와 나무의 요정이 튀어나올 것 같은 그 풍

경을 보며 공원을 돌아보는 내내 '자연은 신이 만든 예술품'이라는 단테의 말을 되새겼다.

버스가 막 플리트비체 국립 공원에 들어서는 순간, 나는 바짝 긴장했다. 정류장이 보이질 않았다. 안내 방송도 없었고 도무지 어디서 내려야 할지 감을 잡을 수 없었다. 다른 여행자들도 서로 눈치만 살필 뿐 선뜻 나서는 사람이 없었다. 결국 기사에게 묻고 나서야 작은 통나무가 있는 정류장에서 내릴 수 있었다. 정류장은 울창한 숲속 도로에 위치한 데다 워낙 작아서 내리고 나서도 잘못 내린 것이 아닌가 하고 걱정을 했다. 세계적으로 이름난 국립 공원의 정류장이 이렇게 볼품없을 거라고는 미처 생각하지 못했다. 플리트비체는 자연과 가장 친화적인 국립 공원이라고 하더니 정류장도 최소한의 표시만 해 놓은 것 같았다.

정류장에서 조금 떨어진 곳에 티켓 오피스와 간이 매점이 보였다. 입장권을 사서 숲길을 따라 천천히 공원으로 들어갔다. 나무가 빽빽하게 들어선 숲길은 냄새부터 달랐다. 신선한 공기와 향긋한 냄새가 코끝을 자극했다. 플리트비체는 크로아티아에서 가장 큰 국립 공원으로 카르스트 지형에 감미롭게 반짝이는 호수와 숲으로 이루어져 있다. 산에서 흘러 내린 두 줄기의 강물에 녹은 석회질이 쌓여 계단식 둑이 생겼고, 16개의 호수와 92개의 폭포가 만들어졌다. 울창한 천연림으로 둘러싸인 호수와 폭포가 연출하는 풍경은 세상의 가장 멋있는 미사여구를 다 동원해도 부족함이 없을 정도였다. 플리트비체의 물줄기는 남쪽에서 북쪽으로 흐르는데, 가장 큰 코쟈크 호수(Kojaak Jezero)를 중심으로 고르냐 예제라(Gornja Jezera)로 불리는 12개의 상부 호수와 도냐 예제라(Donja Jezera)로 불리는 4개의 하부 호수로 나뉜다. 가장 낮은 곳에 위치한 호수가 해발 503m이고 이를 첫 계단으로 삼아 가장 높은 636m에 위치한 호수까지 층층이 계단을 이루고 있다. 1979년 유네스코는 플리트비체를 세계자연유산으로 등재해 자연이 오랜 세월 스스로 만들어 낸 걸작의 가치를 인정했다.

나는 셔틀버스를 타고 P1 지점으로 향했다. 그곳에서 호수를 건너기 위해 보트를 기다리는데 비가 쏟아지기 시작했다. 아침부터 하늘이 흐리더니 결국 우려하던 일이 벌어졌다. 빗방울은 점점 굵어져 이내 폭우로 변했다. 플리트비체의 청아한 물빛을 보려면 맑은 날에 와야 한다는데 하늘이 야속했다. 그야말로 산 넘고 물 건너 이 먼 곳까지 찾아왔는데……. 비는 오후 1시 정도가 돼서야 그쳤다. 나는 보트를 타고 코쟈크 호수를 가로질러 P2로 향했다. 비 때문에 시간이 많이 걸렸다. 이 넓은 공원을 언제 돌아보나 하는 생각에 마음이 조급했다. 서둘러 보트에서 내려 산책로를 따라 걸었다. 산책로는 호젓했다. 구불구불 이어진 산책로 옆으로 초록색과 에메랄드 빛의 호수가 펼쳐졌다.

호수에 닿은 햇살이 산들바람에 출렁이며 만들어 내는 은빛 파장이 마치 초롱초롱 빛나는 어린아이의 눈망울처럼 맑았다. 산책로를 따라 저마다 개성을 갖춘 호수들이 이어졌다. 폭포도 수시

로 나타났다. 폭포는 엄청난 높이에서 맹수가 포효하듯 떨어지기도 했고, 때로는 연인의 귀에 속삭이듯 이끼 낀 바위 위를 소리 없이 미끄러져 내려오기도 했다. 각양각색의 폭포와 태고의 숨결을 내뿜는 울창한 숲, 영롱한 빛의 호수를 걷다 보니 금방이라도 물의 요정이 튀어나올 것 같은 느낌이었다. 아! 정말 상쾌하고 즐거운 곳이었다.

호수는 빛의 방향에 따라 초록에서부터 청록색, 옥색, 연두색, 담청색까지 온갖 푸른색으로 빛 났다. 물이 이처럼 다채로운 색의 변화를 보이는 것은 물속에 함유된 석회 침전물과 광물 때문 이다. 비가 그친 후 습도가 높아져서 색감이 조금 떨어지기는 했지만 눈앞에 펼쳐지는 호수의 빛깔이 너무나 비현실적이라 몇 번이고 다시 쳐다봐야 했다. 호수뿐만이 아니었다. 호수를 두른 나무도, 숲도, 물속에 누운 고사목도 또 그 사이를 유유히 헤엄치는 송어까지도 푸르른 초록색 으로 빛났다. 나는 가던 길을 멈추고 송어와 눈 맞춤을 했다. 안녕, 송어야. 물이 워낙 깨끗해 송 어의 움직임이 고스란히 드러났다. 송어는 나의 인사에 화답이라도 하듯 나뭇길 앞으로 왔다 갔 다 하며 평화롭게 노닐었다. 이곳에선 그 누구도 해를 끼치지 않는다는 것을 물고기도 아는 것 같았다.

귀를 간질이는 물소리와 바람 소리를 들으며 호수를 보고 있으니 마음이 편안해졌다. 사소한 즐거움이었지만 지금 이 순간 나는 플리트비체에서 가장 행복한 여행자였다. 오랫동안 여행을 하다 보면 그 어떤 거창하고 웅장한 풍경보다도 이런 소소한 즐거움이 나를 더욱 행복하게 한다. 이곳에서 자연과 대화하며 살다 보면 금방이라도 깨달음을 얻고, 현자가 될 것 같았다. 내 옆에서는 분홍 가방을 멘 여자 아이가 물장난을 하고 있었다. 녀석도 자연에 푹 빠진 느낌이었다. 아이에게 가볍게 눈인사를 했다. 녀석은 수줍은 표정을 짓더니 이내 다시 물장난을 했다. 자연과 하나 된 아이의 평화로운 모습은 그 어떤 풍경보다도 아름다워 보였다.

호수와 폭포가 만들어 내는 천혜의 풍경만큼이나 놀란 것은 자연을 손상시키지 않으려는 크로아티아 사람들의 노력이었다. 공원 입구에서 환경 오염이 없는 전기로 움직이는 셔틀버스와 보트를 보고 감탄했는데 산책로를 걸어가며 또 한 번 놀라지 않을 수 없었다. 산책로는 흙길을 제외하고는 모두 나무를 깔아 만들었는데, 자연과 정말 잘 어울렸다. 그나마 나무 산책로도 관광객이 다닐 수 있는 최소한의 공간에만 놓여 있었고, 나머지는 모두 자연 그대로였다. 산책로는 짙은 숲을 지나기도 하고, 호수를 돌아가거나, 가로지르거나, 시냇물 위를 건너기도 했다. 이 산책로에 놓인 나뭇길은 기계로 찍어 낸 것처럼 천편일률적인 것이 아닌, 손으로 다듬은 나무를 이어서 만들었다. 자연이 만들어 낸 그 천혜의 절경 속에 놓인 산책로는 원래부터 그 자리에 있었던 것처럼 자연과 잘 어우러졌다. 시간이 지남에 따라 사람들의 발길을 견디며 낡아 가는 나

뭇길의 삐걱거림이 정겹게 들릴 정도였다. 무분별한 개발 대신 자연을 최대한 그대로 보존하는 크로아티아 인들의 지혜가 무척 부러웠다.

호수 지역을 지나치자 이번엔 울창한 숲속 길이 나왔다. 원시림을 연상케 할 정도로 나무가 빽빽이 들어찬 숲이었다. 숲속의 싱그러운 향기를 맡으니 머리가 맑아졌다. 숲이 워낙 울창하고 짙어 금방이라도 야생 동물이 튀어 나올 것 같았다. 플리트비체의 숲에는 곰과 늑대, 토끼, 여우, 사슴, 오소리 등 수많은 동물이 서식하고 있기 때문에 갑자기 그들이 튀어 나온다고 해도 전혀 이상하지 않을 것 같았다. 숲속의 풍경은 호수에서 보던 것과는 또 다른 모습이었다. 이곳은 완전히 초록 세상이었다. 너도밤나무, 가문비나무, 전나무 등 갖가지 나무와 야생 생물로 뒤덮인 숲속을 걷다 보니 몸속에 신선한 녹색 에너지가 가득 들어오는 기분이 들었다. 그 에너지를 받기 위해 발걸음이 계속 늦어졌다.

숲을 뚫고 들어온 부드러운 햇살이 나뭇잎을 더욱 푸르게 만들었다. 초록 이끼들은 숲속 어디서나 확실히 자신의 존재감을 드러냈다. 이끼가 가득 덮인 바위 위를 졸졸 흘러내리며 계단식 폭포를 만드는 물줄기가 뿜어 내는 아우라가 범상치 않았다. 하늘에서 쏟아져 내린 직사광선이 살포시 폭포에 내려앉는 모습은 마치 잘 그린 한 폭의 산수화를 보는 느낌이었다.

이렇게 아름다운 곳이 전쟁터였다는 것이 믿기지 않았다. 1991년 3월, 세르비아 극단주의자들이 플리트비체를 점령해 국립 공원의 경찰을 살해하면서 세르비아와 크로아티아의 유혈 충돌이 발생했다. 이 사건을 계기로 유고 연방에서 독립하려던 크로아티아와 이를 저지하려던 세르비아와의 대규모 전투가 이곳에서 벌어졌다. 4년 동안 세르비아의 점령 하에 있던 플리트비체는 결국 1995년 8월, 다시 크로아티아의 품 안으로 들어왔다. 플리트비체는 인간이 만들어 낸 과거의 아픔을 딛고 예전과 마찬가지로 원시의 아름다움을 뽐내고 있다. 문득 크로아티아 사람들이 이곳을 자연 그대로 보존하려는 것이 플리트비체에 더 이상의 상처를 주지 않기 위해서인지도 모르겠다는 생각이 들었다.

촉촉한 흙 냄새와 숲의 향기를 맡으며 숲속을 한참 걷다 보니 어느새 선착장이 나왔다. 그곳에서 보트를 타는 것으로 나의 플리트비체 여행은 끝이 났다. 호수를 유유히 헤엄치는 오리 떼의 모습이 더없이 평화롭게 보였다. 나는 오리가 만들어 내는 물빛의 파문(波紋)을 지켜보며 플리트비체에게 작별을 고했다. 안녕. 초록빛 플리트비체.

아름다운 더블린에서
축제를 즐기다

더블린
Dublin

"잊었다면 이런 노랠 할 수 없지."

낡고 스산해 보이는 더블린의 밤거리, 한 남자가 기타를 치며 절규하듯 노래한다. 그의 노래를 들

으며 노래 속에 숨겨진 사랑의 아픔을 한눈에 알아채는 그녀……

영화〈원스〉의 감동이 살아 있는 도시, 더블린. 문학과 예술의 향기가 넘치는 이 도시는 초록색이

다. 매년 3월 17일, 더블린은 자신의 정체성을 확실히 드러내며 초록 물결에 휩싸인다.

구름 한 점 없는 쨍한 하늘에 안도의 한숨을 내쉬는 순간, 변덕스러운 더블린의 날씨는 어느새 먹구름으로 뒤덮이더니 이내 추적추적 비가 내렸다.

"김, 아일랜드 날씨에 대해 알아?"

"응. 더블린에 전에 한 번 온 적 있어. 끔찍한 날씨였지."

"안다고? 넌 절대로 알지 못할 거야. 아일랜드에 살지 않는 한."

케빈의 말이 맞았다. 프리랜서 사진가인 케빈은 더블린에서 우연히 만난 친구였다. 그의 말대로 더블린의 날씨는 내가 알고 있는 것 이상으로 변화가 심했다. 날씨가 거의 분 단위로 바뀌었다. 비가 그치고 해가 나는가 싶더니 다시 먹구름이 밀려왔고 다시 해가 나다가 진눈깨비가 내리기를 반복했다. 정말 사람 미치게 하는 날씨였다.

'젠장! 이런 날씨에 살다가는 우울증 걸리기 딱 십상일 거야.' 나는 혼자 중얼거리며 무심한 하늘만 쳐다보았다. 더블린 여행은 이렇게 비 내리고 추운 날씨를 탓하는 것으로 시작했다.

더블린 중심가인 오코넬 거리는 초록색 물결이었다. 사람들은 저마다 초록색 옷을 입고, 초록색 모자를 썼으며, 손에는 아일랜드 국기를 들었다. 얼굴에 초록색으로 세 잎 클로버를 그려 놓은 사람들도 종종 보였다. 상점들은 입구에 아일랜드 국기색인 초록색과 흰색, 주황색의 세 가지 풍선을 내걸었다. 요란한 치장이 필요 없는 순수한 매력의 도시 더블린이 오늘만큼은 제대로 꽃단장을 한 느낌이었다. 오늘은 아일랜드 최대의 명절인 세인트 패트릭 페스티벌(St. Patrick's Festival)의 퍼레이드가 열리는 날이다. 내가 더블린을 찾은 이유도 이 때문이다. 세인트 패트릭 페스티벌은 아일랜드의 수호성인이자 가톨릭을 전파하고 대중화시킨 성 패트릭(St. Patrick)을 기리기 위한 축제이다. 성인(聖人)과 관련된 축제라고 해서 진지하고 조용할 것이라고 생각하면 큰 오산이다. 세인트 패트릭 페스티벌은 먹고, 마시고, 즐기는 축제의 세 가지 요소가 모두 가미된 매우 신명나는 축제이다.

성 패트릭은 아일랜드에 천주교를 소개하면서 샴록(Shamrock)이라 불리는 세 잎 클로버에 비유해서 기독교의 교리, 삼위일체를 설명했다. 이런 이유로 샴록은 아일랜드의 국화가 되었고, 초록색은 아일랜드의 상징색이 되었다. 아일랜드 축구 국가 대표팀의 유니폼이 초록색인 것도, 세인트 패트릭 페스티벌에 사람들이 전부 초록색 복장을 하는 것도 이 때문이다. 세인트 패트릭 축제는 매년 3월 중순에 1주일 동안 열린다. 축제 기간 동안에는 춤과 연극, 노래 등 각종 행사가

열리는데 성 패트릭이 세상을 떠난 3월 17일에 열리는 퍼레이드가 가장 하이라이트다. 국가적 차원에서 준비하는 이 퍼레이드에는 전 세계에서 수십만 명이 모여 축제를 만끽한다. 한 해 아일랜드 관광객의 1/3이 이 축제 기간에 찾는다고 하는데, 나도 그 수많은 관광객 중의 하나였다.

퍼레이드 시간이 다가올수록 거리는 사람들로 미어터지기 시작했다. 동상과 전봇대, 공중전화 부스는 물론 심지어는 신호등까지 사람들이 올라가 앉았다. 난리도 이런 난리가 없었다. 정오가 되자 세인트 메리 플레이스(St Mary's Place)에서부터 퍼레이드가 시작되었다. 미리 프레스 카드를 발급받아 두었던 나는 오코넬 거리의 북쪽에서 퍼레이드 행렬을 맞이했다. 오전 내내 변덕스럽던 날씨는 언제 그랬느냐는 듯 맑게 변해 있었다. 퍼레이드 행렬은 규모가 크고 화려했다. 오프닝 페넌트를 앞세운 팀이 지나가자 군악대와 기마대, 마차, 클래식 카 행렬이 이어졌다. 그리고 학생들로 이루어진 마칭 밴드와 치어리더, 화려한 의상의 댄서들, 바이크 행렬, 곤충 인형을 뒤집어 쓴 사람들, 기묘한 구조물 등이 뒤를 따랐다. 해외에서 초청된 팀도 많았다. 그 화려한 행렬을 보니 사람들이 이 퍼레이드에 열광하는 이유를 알 수 있을 것 같았다.

축제 때는 사람 구경도 큰 재미이다. 엄청난 인파 속에서 사람들의 익살스런 행동이나 독특한 복장을 관찰하다 보면 축제 분위기가 온몸으로 느껴진다. 아일랜드 국기로 페이스페인팅을 한 사람, 맨엉덩이가 보이는 것 같은 익살스런 팬티를 입은 사람, 바이킹 모자를 쓴 사람, 머리에서 얼굴, 안경까지 아일랜드 국기 색으로 칠한 아이 등 축제를 지켜보는 사람들의 복장도 천차만별 이었다. 매일매일 똑같은 모습으로 살아가는 사람들에게 1년에 하루뿐인 이날의 퍼레이드는 마음껏 일탈할 수 있는 좋은 기회인 듯했다. 모두가 즐거워지는 유쾌한 일탈은 축제가 가진 묘한 힘이었다. 삶이 따분하고 지루하거나 아무것도 하기 싫은 무기력감에 빠졌을 때 세인트 패트릭 축제를 꼭 한 번 보라고 권하고 싶다. 두 시간 남짓 이어지는 퍼레이드는 세인트 패트릭 성당(St. Patrick's Cathedral) 앞에서 끝을 맺었다.

하지만 축제가 끝난 것은 아니었다. 축제의 피날레는 펍(Pub)에서 열린다. 성자를 기념하는 축제의 끝이 술집이라니. 정말 아이러니한 일이지만 아일랜드에 한 번이라도 와 본 사람들은 금방 이해할 수 있다. 펍은 아일랜드 사람들에게 단순한 술집이 아니라 인생의 희로애락이 담겨 있는 공간이다. 그들에게 펍은 생활이고, 위안이며, 인생 그 자체이다. 그런 곳에서 자신들의 수호성인을 위해 맥주 한 잔을 치켜드는 것은 어찌 보면 하나의 의식과도 같은 행동이었다. 퍼레이드가 끝난 후 사람들은 저마다 펍으로 향했다. 나도 그들을 따라 바로 펍으로 가고 싶었지만 그 전에 꼭 가고 싶은 곳이 있었다.

그래프톤 거리는 영화 〈원스〉에서 주인공이 노래를 부르던 곳이자 그녀를 처음 만났던 곳이다. "사랑하고 그리워하고 나는 너를 노래한다."는 포스터의 문구처럼 너와 나 그리고 음악만이 존재하는 영화 〈원스〉는 내가 더블린을 찾은 또 다른 이유였다. 벌써 몇 번을 왔다 갔던 거리였지만 그가 노래할 때처럼 해질 무렵의 그래프톤 거리를 보고 싶었다. 그래프톤 거리는 더블린 제1의 쇼핑가이자 가난한 예술가들의 천국이다. 축제 때문인지 상점들은 모두 문을 닫았지만 두 명의 청년이 기타와 드럼을 치며 노래를 하고 있었다. 순식간에 그들 주변으로 초록 인파가 모였다. 퍼레이드의 감흥이 아직 가시지 않았는지 사람들은 음악에 맞춰 춤을 추며 즐거워했다. 인파에 묻혀 그들의 노래를 들으니 어느 순간 기타를 치는 청년의 노랫소리가 〈원스〉의 그 노래처럼 들렸다.

"당신을 모르지만 난 당신을 원해요. 그래서 더욱 더 난 할 말을 잃고 항상 바보가 되어 어쩔 줄을 모르겠어요……."

청년들과 조금 떨어진 곳에서 네 명의 중년 남성이 색소폰과 트럼펫을 연주하고 있었다. 인파로 둘러싸인 청년들과 달리 그들에게는 아무도 관심을 주지 않았다. 마치 〈원스〉에서 그녀 외에는 아무도 그에게 관심을 주지 않았던 것처럼.

그래프튼 거리를 뒤로 한 채 축제의 피날레를 장식하기 위해 템플 바(Temple Bar)로 향했다. 리피 강 근처 남쪽에 위치한 템플 바는 펍의 도시 더블린을 상징하는 지역으로 전통 있는 아이리시 펍과 레스토랑이 곳곳에 몰려 있다. 거리는 이미 사람들로 인산인해를 이루고 있었다. 웬만한 펍은 모두 만원이었다. 겨우 빈자리가 있는 펍을 발견해 기네스 생맥주 한 잔을 시켰다. 기네스의 본산인 더블린에 왔으니 꼭 기네스를 마셔야 할 것 같았다. 실내는 어두웠고 복잡했다. 테이블에 앉아 있는 사람보다 한 손에 기네스를 들고 서 있는 사람이 더 많았다. 펍 한쪽에 마련된 무대에서는 두 명의 남자와 전통 악기를 든 한 여자가 노래를 부르고 있었다. 〈원스〉의 음악과 비슷한 포크 록이었다. 음악이 이어지자 옆 테이블에서 술잔을 기울이던 사람들이 무대로 나갔다. 몇몇은 몸을 흔들며 춤을 췄고 또 몇몇은 그냥 무대에 걸터앉아 음악을 감상했다. 그저 노래를 듣고 즐길 뿐 격식이 없었다. 초록 모자를 쓴 사람들의 모습에서 세인트 패트릭 데이를 실감할 수 있었다. Once, 단 한번, 내 인생에 단 한 번뿐인 더블린에서의 밤은 그렇게 깊어 갔다. 세인트 패트릭 축제의 흥겨움과 〈원스〉의 잔잔한 감동을 남긴 채.

Gray

말레콘 해변과 재즈 그리고 체 게바라 • 아바나
도시 전체를 감싸는 은은한 회색빛 • 에든버러
살아 있는 박물관의 도시 • 이스탄불

환상 같은 현실이
펼쳐지는 꿈의 도시

아바나
La Habana

1492년, 쿠바를 발견한 콜럼버스는 '세상에서 가장 아름다운 지상의 낙원'이라고 말했다. 그의 말은 아직도 유효하다. 체 게바라와 쿠바 혁명, 살사와 재즈, 시가 연기, 헤밍웨이, 부에나비스타 소셜 클럽 등 어느 것 하나 매혹적이지 않은 것이 없다. 특히 쿠바의 심장부인 아바나는 환상 같은 삶이 현실로 펼쳐지는 꿈의 도시이다.

쿠바는 누구에게나 생애 꼭 한 번은 가 보고 싶은 나라이다. 나에게도 쿠바는 그런 나라였다. 미국의 코밑에서 그들의 경제 봉쇄에도 굴하지 않고 당당하게 맞서는 카리브 해의 작은 나라에 대한 호기심도 있었거니와 체 게바라의 열정적인 삶이 내게 쿠바를 동경의 땅으로 만들었다. 시간이 지나면서 쿠바에 대한 호기심은 점차 문화적인 것으로 바뀌었다. 육감적인 살사와 라틴 재즈, 부에나비스타 소셜 클럽, 헤밍웨이 등이 쿠바를 잊기 힘든 나라로 각인시켜 주었다. 이렇듯 쿠바는 내게 폐쇄적인 사회주의 국가라는 이미지보다는 혁명과 낭만이 공존하는 나라로 다가왔다. 그러나 아바나에 도착하는 순간, 그 환상이 깨지면서 현실의 모습이 눈에 들어왔다. 빛바랜 인민복을 입고 여권과 얼굴을 뚫어지게 주시하는 입국 심사관의 눈빛은 쿠바가 사회주의 국가라는 사실을 실감케 하며 마음을 다잡게 했다.

택시를 타고 시내로 가는 내내 낡고 칙칙한 건물, 1950년대풍의 클래식 카, 트럭을 개조해서 만든 낙타 버스, 오토바이를 개조한 택시가 눈앞을 스쳐 지나갔다. 이것이 콜럼버스가 "온갖 종류의 나무와 꽃과 작은 새들, 넓은 야자수 잎으로 만든 지붕…… 내 영혼이 행복감으로 차오르는 것을 느꼈다." 하고 말한 쿠바의 현실이었던가? 이 낡고 빛바랜 모습이 카스트로와 체 게바라가 바티스타 독재 정권을 무너뜨리고 만들어 낸 쿠바 혁명의 결과물이었다니. 대학 시절, 체 게바라와 쿠바 혁명에 푹 빠졌던 나는 눈앞의 초라한 풍경에 적잖이 실망했다.

아바나는 크게 베다도(Vedado), 센트로 아바나(Centro Havana), 올드 아바나(Old Havana)로 나뉜다. 신시가지인 베다도는 정치, 행정의 중심지로 호텔과 대사관, 레스토랑, 클럽 등이 밀집되어 있고, 아바나의 중심부에 위치한 센트로 아바나는 쿠바 인들의 생활상을 가장 잘 볼 수 있는 곳이다. 세계문화유산으로 등재된 올드 아바나는 쿠바의 과거를 엿보게 하는 곳으로 스페인 식민 시절의 건축물들이 고스란히 남아 있다. 나는 베다도의 현지인 민박에 숙소를 정하고 매일 말레콘(Malecon) 해안을 걸어서 올드 아바나를 오갔다. 지금 생각하니 왜 그랬는지 모르겠지만 왕복 10km가 훨씬 넘는 길을 걸으면서도 한 번도 힘들다는 생각을 하지 않았다.

〈부에나비스타 소셜 클럽〉을 본 사람들은 영화의 첫 장면을 기억할 것이다. 1950년대 흑백 영화에 나올 법한 클래식 카 한 대가 방파제를 넘어 거센 파도가 덮쳐 오는 해안 도로를 질주하는 장면. 파도가 치던 그 해안이 아바나를 이야기할 때 빼놓을 수 없는 말레콘이다. 말레콘 해안을 따라 신시가지에서 올드 아바나까지 7km에 달하는 방파제가 있고, 그 옆에 넓은 도로가 놓여 있다. 방파제와 도로를 따라 영화에서 보던 것처럼 낡은 파스텔 톤의 건물들이 즐비하게 늘어서 있다. 하지만 아바나의 첫인상이 그러했듯이 말레콘 또한 처음에는 그리 매력적이지 않았다. 쉴 새 없이 몰아치는 파도가 그 존재감을 보여 주었지만 방파제는 볼품이 없었다.

말레콘의 진가를 느끼기 시작한 것은 아바나 사람들을 만나면서부터였다. 말레콘은 아바나 사람들에게 쉼터이자 자유의 공간이다. 이곳에서는 아바나 시민들의 일상을 있는 그대로 접할 수 있다. 방파제에 앉아 감미로운 키스를 나누는 연인들, 색소폰과 트럼펫을 연주하는 사람들, 거친 파도 속으로 뛰어드는 아이들, 낚시를 하는 사람들, 땅콩을 파는 여인 등이 말레콘 해안에 생명력을 불어넣는다. 낡은 혁명 구호와 포스터, 경직된 경찰들의 모습에서 보이던 사회주의의 쿠바를 이곳에서는 전혀 찾아볼 수 없었다. 적어도 말레콘만큼은 아바나 시민들에게 누구도 막을 수 없는 낭만과 자유의 공간이었다. 나는 이 거리를 오가며 진한 키스를 나누는 연인들이 부러웠다. 방파제에 앉아 연주를 하던 한 가난한 뮤지션이 내게 이야기했다.

"우리는 태어나서 죽을 때까지 말레콘과 이웃하며 살아가요. 바닷가에서 놀고 있는 저 아이들처럼 어렸을 때 이곳은 나의 놀이터였어요. 그리고 젊어서는 연인과 사랑을 속삭이던 데이트 장소였고요. 내가 노인이 되면 말레콘은 나의 고단한 삶과 애환을 들어 주며 나를 위로해 주겠지요. 말레콘은 우리에게 그런 존재예요."

뮤지션의 말처럼 말레콘은 단순한 해안이 아니라 아바나 시민들의 삶이 고스란히 담겨 있는 곳이었다.

말레콘의 낮과 밤은 마치 다른 공간을 보는 것과 같다. 낮의 말레콘이 자유를 표현한다면, 밤의 말레콘은 열정적인 밀회의 공간이다. 대부분의 카리브 해 사람들이 그렇듯이 쿠바 인들도 사랑에 관해서라면 누구보다도 열정적이다. 말레콘의 밤은 은밀한 사랑을 속삭이는 연인들로 북적인다. 철썩철썩 부딪치는 파도 소리를 음악 삼아 키스를 나누기도 하고, 보기에도 민망한 자세로 엉켜 있기도 한다. 가끔은 거리의 여인들이 여행자를 유혹하기도 한다. 거리의 악사가 들려주는 트럼펫 소리는 사람들의 가슴을 자극하며 말레콘의 밤을 뜨겁게 달군다. 밤에 말레콘을 혼자 걷는다면 가슴 한편이 텅 빈 느낌을 받을 테니 그 허허로움을 견딜 용기가 없다면 밤엔 절대로 나가지 말도록……

말레콘에서 센트로 아바나로 접어들면 아바나 서민들의 삶과 좀 더 현실적으로 부닥치게 된다. 센트로 아바나는 시간이 멈춰진 과거의 공간이다. 이곳에 들어서면 타임머신을 타고 1950년대로 돌아간 느낌이다. 여기저기 균열되어 금방이라도 부서질 것 같은 낡은 건물과 허름한 살림살이, 테라스에 걸려 있는 빨래, 시가를 물고 있는 노인의 진한 주름살에서 고단한 쿠바의 현실을 목격하게 된다. 이 낡고 부서진 건물들이 칙칙한 느낌보다는 흑백 영화의 한 장면처럼 매혹적으로 다가오는 것이 신기할 따름이다. 실제로 센트로 아바나의 빛바랜 골목과 건물들은 올드 아바나의 웅장한 건물 못지않게 여행자에게 아바나라는 도시를 확실히 각인시킨다.

센트로 아바나에서 구 국회 의사당인 카피톨리오(Capitolio)를 지나치면 바로 올드 아바나로 연결된다. 카리브 해에서 아바나만큼 '올드'라는 표현이 잘 어울리는 도시도 없을 것이다. 아바나는 17~18세기에 설탕과 노예 무역으로 엄청난 번영을 누렸다. 그 시기에 바로크 양식의 건물들이 수없이 들어섰다. 그 건물들은 오랜 세월의 풍파를 거쳤지만 지금도 스페인이 지배하던 당시의 모습을 고스란히 간직하고 있다.

올드 아바나에 들어서는 순간 나는 낡은 회색 도시에 온 듯한 기분이 들었다. 여기저기 빛바랜 건물과 낡은 회벽의 질감이 그런 느낌을 주었으리라. 올드 아바나에서 가장 먼저 찾아봐야 하는 곳은 아르마스 광장과 대성당이다. 아르마스 광장은 16세기 아바나의 정치적 중심이었던 곳이다. 과거 스페인 총독의 거처를 비롯해 박물관과 식민 시절의 흔적을 엿볼 수 있는 식민지풍의 건물들이 이 광장 주변에 즐비하다. 광장 근처에서 열리는 기념품 시장 역시 빼놓을 수 없는 곳이다.

아르마스 광장에서 2~3분 거리에 있는 대성당은 아메리카 대륙에서 가장 오래된 성당이다. 대성당이라는 이름에 맞지 않게 아담한 크기지만 주변의 바로크 건축물과 어우러져 한 폭의 그림과도 같은 풍경을 연출한다.

올드 아바나의 골목을 걷다 보면 센트로 아바나와 마찬가지로 쿠바 인들의 일상과 또 다시 만나게 된다. 도미노 게임을 하고 있는 노인들, 악기를 연주하는 사람들, 야구를 하는 아이들, 원 달러를 외치며 구걸하는 아이들까지 다양한 사람을 만나게 된다. 재미있는 것은 그들은 찢어지게 가난하지만 삶은 꽤나 낙천적이고 문화적이라는 것이다. 어느 카페나 레스토랑을 들어가도 열정적인 재즈의 선율이 흘러 나오고, 수준 높은 그림을 파는 예술가들을 골목 곳곳에서 만나게 된다. 올드 아바나는 굳이 세계문화유산이라는 거창한 명칭을 들먹이지 않아도 빛을 발한다. 낡고 칙칙한 건물은 물론, 가난하고 지저분한 뒷골목의 풍경까지 사랑스럽다. 모두들 험난한 역사를 버텨 낸 풍경들이기에 더욱 그럴 것이다.

그러나 아바나가 아름답기만 한 것은 아니다. 현실로 돌아오면 이곳 사람들의 삶은 정말 고단하기 그지없다. 여행자에게 낭만적으로 보이는 이 모든 풍경이 실상은 혁명의 이상과 현실 속에서 고뇌하는 오늘의 쿠바를 보여 주는 것일지도 모른다. 이처럼 하나의 규정화된 틀 안에 담아 두고 말하기 힘든 곳, 그곳이 바로 아바나이다.

백파이프 선율이 살아 있는
도시의 추억

에든버러
Edinburgh

스카치 위스키의 부드러움과 애잔한 백파이프의 선율 그리고 타탄 무늬 스커트인 킬트가 연상되

는 곳, 에든버러. 그곳에는 비운의 여왕 메리 스튜어트의 영혼과 오랜 저항의 역사가 깃들어 있고,

술과 인생을 사랑하는 사람들이 살고 있다. 조지안 스타일의 건물과 웅장한 고성, 뾰족한 탑이 만

들어 내는 이 도시의 스카이라인은 그 자체가 영화의 한 장면이다.

스코틀랜드의 수도, 에든버러. 드라마틱한 고성과 조지안 스타일의 건축물, 멋진 펍, 잘 다듬어진 공원이 인상적인 도시이다. 에든버러는 '북쪽의 아테네'라 불릴 정도로 학문과 예술이 발달한 도시이다. 스코틀랜드 출신의 대문호 월터 스코트는 에든버러를 '내 마음속의 고장'이라고 표현했고,《보물섬》의 작가 스티븐슨은 '예술의 기념비'라고 극찬했다. 그러나 에든버러의 첫인상은 왠지 모르게 어둡고 음산하다. 맑은 날보다는 흐리거나 비가 부슬부슬 내리는 날과 더 어울린다. 도시 전체가 회색이나 검은빛이 감도는 칙칙한 건물로 형성된 이유도 있지만 비운의 삶을 살았던 메리 여왕과 이제는 사라져 버린 스코틀랜드 왕국의 아픈 역사 때문인지도 모른다.

에든버러는 구시가지와 신시가지가 확연히 구분된다. 남쪽이 구시가지, 북쪽이 신시가지로 동서로 뻗은 깊은 계곡이 에든버러를 남북으로 갈라놓는다. 구시가지는 도시 방어를 위해 언덕 위에 자연 발생적으로 형성된 것으로 조지안 시대와 빅토리안 시대의 웅장한 건축물이 스카이라인을 형성하고 있다. 반면에 18세기에 조성된 신시가지는 구시가지와 달리 밝고 산뜻한 느낌을 주는 곳으로 고급 호텔과 상점, 펍, 레스토랑 등이 많이 들어서 있다. 대부분의 여행자가 그러하듯, 나 역시 스코틀랜드의 상징인 에든버러 성을 먼저 찾았다. 7세기 이후 지속적인 보수 공사를 거쳐 현재의 모습을 하고 있는 이 성은 요새로서의 역할뿐만 아니라 감옥과 왕궁 등 다양한 기능으로 사용되었다. 현무암 암반에 붉은 사암으로 만들어진 이 난공불락의 요새는 칙칙하고 음산하다는 말이 아니고는 묘사하기가 쉽지 않다. 먼 옛날 잉글랜드와 스코틀랜드가 벌인 처절한 전투에서 목숨을 잃은 수많은 원혼이 떠도는 성이니 어찌 보면 음산하게 느껴지는 것이 당연한 일이리라. 성문 앞에 서니 금방이라도 갑옷 입은 기사가 창을 휘두르며 말을 타고 튀어나올 것 같은 느낌이 들었다.

오늘날 성 내부는 대부분 박물관으로 이용되고 있는데, 스코틀랜드 왕국 시절의 찬란한 왕관과 휘장, 칼, 지휘봉 등이 전시되어 있어 흘러간 영화를 보여 준다. 성 뒤편에 있는 아가일 포대에서는 에든버러 시가지는 물론, 멀리 바다까지 한눈에 내려다볼 수 있다. 에든버러 성 앞에서는 매년 8월에 밀리터리 타투 공연이 열린다. 세계에서 가장 큰 군악 공연인 밀리터리 타투는 에든버러를 찾는 여행자라면 누구나 한 번은 꼭 보고 싶어 할 정도로 스펙터클한 규모를 자랑한다. 길게만 느껴지던 한여름의 태양이 서서히 사라질 무렵 사람들은 마치 무엇에 홀린 듯 밀리터리 타투를 보기 위해 너나 할 것 없이 에든버러 성으로 향한다. 몇 해 전 프레스카드를 발급받아 밀리터리 타투의 전 과정을 자세히 본 적이 있는데, 그때의 감격이 지금까지도 생생하다.

에든버러 성에서 완만한 비탈길을 따라 동쪽으로 내려오면 발걸음은 자연스레 구시가지의 중심지인 로열 마일(Royal Mile)로 이어진다. 약 1.6km에 이르는 로열 마일 양옆에는 16~17세기에 지은 중세풍의 건물이 즐비하다. 금방이라도 귀족을 태운 사륜마차가 튀어나올 것 같은 중세적인 분위기가 나를 과거의 시간 속으로 안내한다. 이곳에 살았던 사람들은 어떤 삶을 영위했을까? 낡은 돌조각과 불에 그슬린 듯한 옛 건물과 교감을 하며 중세의 삶을 상상하는 것은 언제나 설레고 흥분되는 일이다. 로열 마일에선 크고 작은 공연이 쉴 새 없이 열린다. 팬터마임이나 길거리 공연을 하는 악사는 물론, 타탄무늬 스커트인 킬트를 두르고 백파이프를 부는 사람도 쉽게 볼 수 있다. 때로는 경쾌하고 때로는 애잔하게 들리는 백파이프의 선율을 듣다 보면 이곳이 에든버러라는 것이 절로 느껴진다.

로열 마일에는 선물 가게, 바, 레스토랑은 물론 중세풍의 펍이 많다. 에든버러는 그 거칠고 험한 지형 때문인지 사람들도 처음에는 무뚝뚝해 보인다. 그러나 말이 통하기 시작하면 더할 나위 없이 좋은 친구가 된다. 로열 마일의 펍에 들어가면 대낮부터 맥주나 위스키 잔을 기울이는 사람들을 어렵지 않게 만날 수 있다. 그들과 어울리다 보면 어느덧 낯선 이방인의 느낌은 사라지고 그들 속으로 빠져들게 된다. 술잔을 기울이며 인생사 묻어나는 이야기를 하다 보면 금방 서로에게 동질감을 느끼게 된다. 이것이 진짜 여행이고, 삶이다. 아무리 훌륭한 여행지라도 사람이 주는 감동을 따라올 수는 없다. 눈으로만 보는 여행은 시간이 가면 금방 잊히지만 사람들과의 인연은 시간이 가도 쉽게 잊히지 않는다. 오히려 시간이 가면 갈수록 추억이 그 도시를 새록새록 기억나게 한다.

로열 마일의 끝자락에는 홀리루드 궁전(The Palace of Holyroodhouse)이 있다. 에든버러 성이 남성미를 느끼게 한다면, 홀리루드 궁전은 우아한 여성미를 느끼게 한다. 이 궁전은 비운의 여왕 메리가 거주하던 곳으로 그녀가 총애하던 젊은 비서 리치오가 정적들의 손에 맞아 죽은 곳이기도 하다. 현재 홀리루드 궁전은 영국 왕실의 소유이기 때문에 엘리자베스 여왕이 기거하는 동안에는 개방하지 않는다.

홀리루드 궁전에서 나와 신시가지로 발길을 옮기면 도시 분위기가 확연히 달라지는 것을 느낄 수 있다. 신시가지의 중심인 프린세스 스트리트(Princess Street)는 에든버러의 현재를 잘 보여 주는 거리이다. 고급 호텔과 유명 브랜드의 제품을 판매하는 상점, 은행, 백화점 등이 밀집되어 활발하고 세련된 거리 풍경을 연출한다. 거리 중간에는 마치 로켓이 날아가는 것 같은 형상을 한 월터 스코트(Sir Walter Scott) 기념탑이 서 있다. 소설《아이반호》의 작가이자 스코틀랜드가 낳은 대문호인 월터 스코트를 기념하기 위해 세운 높이 65m의 이 탑은 마치 고딕 양식의 로켓처럼

보인다. 금방이라도 하늘을 향해 날아갈 듯한 탑은 보는 이를 압도한다. 탑 아래에는 흰 대리석의 스코트 상이 그의 애견 '마이다'와 같이 서 있고, 그 주변은 64개의 작은 조각상으로 둘러싸여 있다. 모두가 스코트의 시와 소설에 등장하는 인물들이다. 이 탑은 18세기 문화의 황금기를 맞으며 '북쪽의 아테네'를 꽃피웠던 스코틀랜드 인들의 자부심의 표현이기도 하다. 힘겹게 계단을 걸어 탑 정상에 오르면 에든버러 시내의 풍경이 한눈에 펼쳐진다.

에든버러를 신시가지와 구시가지로 나누는 경계선은 에든버러 성과 로열 마일, 프린세스 스트리트 사이의 얕은 계곡에 위치한 '프린세스 스트리트 가든'이다. 시민들의 휴식처로 사랑받고 있는 이 공원은 잘 정돈된 잔디와 아름다운 꽃이 인상적이다. 이 공원에서는 에든버러의 한가로운 일상을 만날 수 있다. 잔디에서 미니 골프 연습을 하는 사람, 의자에 앉아 신문을 보는 사람, 사랑을 나누는 연인, 일광욕을 하는 사람, 다정한 노부부 등 공원은 언제나 사람들로 북적거린다. 이 공원은 단순히 쉼터가 아니다. 에든버러 시민들의 추억이 담긴 공간이다. 공원의 벤치에는 간혹 "In Loving Memory of…… By his wife", " To the Citizens of Edinburgh…….."와 같은 문구들이 붙어 있다. 에든버러 시민들과의 소중한 추억을 담고 있는 이 공원의 벤치들은 다른 곳에서 수없이 봐 오던 의자들과는 느낌이 다르다.

이 공원을 좋아하게 된 것도 이런 사연을 알고부터였다. 다음에 다시 에든버러를 찾게 된다면 비어 있는 의자에 나만의 문구 하나를 남겨 두고 싶다. 먼 훗날 다시 이 공원을 찾아 그 추억을 떠올리면 소소한 행복감이 느껴지겠지. 어쩌면 이 공원에서 보낸 시간들이 이미 내 마음 한편에 소중한 추억으로 자리 잡고 있는지도 모르겠다. 세계에서 가장 오래되었다는 꽃시계도 이 공원의 자랑인데, 공원은 사시사철 꽃으로 만발하다. 꽃시계는 금방이라도 에든버러의 음산한 분위기를 씻어 버릴 수 있을 만큼 화사하다.

프린세스 스트리트에서 동쪽 끝으로 가면 도시의 전망을 한눈에 내려다볼 수 있는 칼튼 힐(Calton Hill)이 나온다. 국립 기념비, 넬슨 기념비 등 에든버러의 역사를 보여 주는 기념비가 있는 이 언덕에서는 에든버러 성과 시가지는 물론, 멀리 공장 지대와 바다가 파노라마처럼 펼쳐진다. 칼튼 힐은 일몰이 아름답기로 유명하다. 여행자들은 해질 무렵이면 누가 시키지 않아도 삼삼오오 이 언덕으로 몰려온다. 에든버러 성과 시내에 서서히 어둠이 내려오고 화려한 조명이 들어오는 모습은 잘 만들어진 한편의 영화를 보는 듯하다. 언덕에 앉아 도시를 붉게 물들이는 노을을 보고 있노라면 금방이라도 어디선가 애잔한 백파이프 소리가 들려오는 듯하다.

회색빛으로 가득한
옛 골목을 거닐다

이스탄불
Istanbul

아시아와 유럽, 흑해와 에게 해, 기독교와 이슬람 문명이 만나는 곳, 이스탄불. 비잔티움에서 콘

스탄티노플로 그리고 다시 이스탄불로 그 이름이 바뀔 때마다 세계사의 중심에 우뚝 섰던 이 도시

는 역사의 보고(寶庫)와도 같은 곳이다. 높은 성벽과 모스크, 궁전, 박물관 등 온갖 유적으로 둘

러싸인 이 도시를 걷다 보면 여전히 비잔티움과 콘스탄티노플, 오스만 제국의 영광으로 고동치는

이스탄불의 심장 소리를 느낄 수 있다.

이스탄불은 동서양의 문물이 활발하게 오가던 문명의 교차로였다. 흑해와 에게 해를 연결하는 보스포러스 해협을 끼고 유럽과 아시아 두 대륙에 걸쳐 있어서 이 도시를 통해 수많은 문명과 문물이 동서양을 오갔다. 지난날 비잔티움과 오스만 제국의 수도로서 역사의 한 페이지를 장식했던 도시도 이스탄불이다. 하지만 내게 이스탄불은 이런 거창한 수식어보다도 더 특별한 도시이다. 여행하는 동안 가장 오랫동안 머문 도시도 이스탄불이었고, 가장 기억에 남는 친구를 만난 곳도 이스탄불이었다. 앙카라에서 여권과 돈, 카메라, 옷을 모두 도난당하는 최악의 여행 사고를 당하고 마음을 추스른 곳도 이 도시였다. 나는 이스탄불을 일곱 번 여행했다. 그때마다 이스탄불은 온갖 흥미로운 일은 물론, 꼭꼭 감춰 두었던 속살까지 내게 보여 주었다. 그래서인지 지금도 이스탄불의 크고 작은 골목과 모스크, 복잡한 시장, 물담배를 피던 사람들, 갈라타 다리에서 늘 피어오르던 생선구이 냄새 등이 눈앞에 선하게 그려진다.

이스탄불을 생각하면 제일 먼저 떠오르는 친구가 한 명 있다. 1992년 8월, 첫 번째 이스탄불 여행에서 만난 톰 브라운이라는 영국인 친구이다. 당시 세계 일주 중이던 나는 그리스의 테살로니키 역에서 그를 처음 만났다. 태권도를 좋아한다는 그 친구는 가방에 태극기를 소중하게 넣고 다녀서 나를 놀라게 했다. 잠시 스치듯이 만났던 그를 며칠 후 이스탄불에서 다시 만났다. 여행자들이 많지 않던 시절이라 우리는 금방 친해졌고, 같은 숙소에 머물면서 항상 같이 다녔다. 톰

브라운과 일주일을 같이 머물며 구시가지와 시장, 모스크는 물론 이름 모를 골목까지 밤낮없이 돌아다녔다. 어느 날 밤, 갈라타 타워 인근에서 홍등가를 발견하고 이슬람 국가에도 이런 곳이 있나 하고 깜짝 놀랐던 기억이 아직까지 생생하다. 무엇보다도 가장 큰 추억은 잠잘 때였다. 우리는 아야 소피아 뒤편의 허름한 게스트 하우스에서 머물렀다. 비싸지 않은 숙소였지만 장기 여행 중이던 톰과 나는 비용을 조금이라도 아끼기 위해 옥상에서 잤다. 별을 보며 모스크에서 들려오는 아잔 소리를 자장가 삼아 잠을 청했다. 흐느끼듯이 들려오는 아잔 소리는 도시 전체의 공기를 타고 흐르며 새벽부터 잠을 깨우기도 했다. 이스탄불에 대한 기억이 시각이 아니라 청각으로 더 자세하게 떠오르는 것도 이때 밤낮으로 들었던 아잔 소리 때문일 것이다.

톰을 만난 후, 10년쯤 지나서 한 달 정도 이스탄불에 머문 적이 있다. 그때 나는 톰과 함께했던 장소들을 바둑을 복기하듯이 다시 찾아다녔다. 관광객이 늘고 도시가 변화해졌지만 골목과 모스크, 시장은 물론 홍등가도 예전 그대로였다. 톰과 함께 먹던 고등어 케밥도 다시 사 먹어 보았고, 배를 타고 보스포러스 해협을 건넜고, 한 칸짜리 트램도 다시 타 보았다. 둘이 머물던 숙소도 찾아가 보았으나 아쉽게도 게스트 하우스는 사라지고 없었다.

이스탄불이 주는 첫인상은 화려함과는 거리가 멀다. 오히려 회색빛을 많이 사용한 건물이 주는 칙칙함이 왠지 모를 신비스러움을 느끼게 한다. 해질 무렵 모스크에서 예배 시간을 알리는 아잔 소리는 무엇에 홀린 듯이 이스탄불이라는 도시에 빠져들게 한다. 이스탄불은 보스포러스 해협과 골든혼을 사이에 두고 유럽과 아시아, 구시가지와 신시가지로 나뉘어 있다. 과거 콘스탄티노플로 불리며 세계사의 중심 역할을 하던 곳은 유럽 지역에 속한 구시가지에 있다. 이곳에는 로마 시대의 수도교와 비잔틴 시대의 성벽, 아야 소피아 사원, 술탄 아흐메드 모스크, 톱카프 궁전, 그랜드 바자르 등 로마와 비잔티움, 오스만 시대의 유적들이 그대로 모자이크되어 있다. 나는 구시가지를 걸을 때마다 장중한 아름다움을 느낀다. 장구한 역사와 그 흔적을 고스란히 간직한 구시가지는 이스탄불을 '살아 있는 역사 박물관의 도시'라고 말한 아놀드 토인비의 말이 과장이 아님을 여실히 알려 준다.

이스탄불의 심장인 술탄 아흐메드 광장에는 아름다운 사원이 하나 있다. 이스탄불을 찾는 여행자라면 가장 먼저 찾는 아야 소피아 사원이다. 비잔틴 양식을 대표하는 이 사원은 유스티아누스 황제가 동로마 제국의 영광을 나타내기 위해 세운 것이다. 유스티아누스 황제는 사원을 완공한 후 "솔로몬이여, 나는 그대를 능가했노라." 하고 외쳤다고 한다. 오랜 세월과 지진의 여파에도 불구하고 당당히 서 있는 아야 소피아 사원은 이슬람의 관용 정신을 보여 준다. 사원 내에는 두

종교가 공존하고 있다. 동방 그리스 정교의 본산지로 만들어진 이 사원은 콘스탄티노플을 점령한 이슬람 세력에 의해 이슬람 사원으로 바뀌었다. 현재 박물관으로 사용되고 있는 내부에는 그리스 정교의 본산지로 사용되던 당시에 만들어진 모자이크 성화와 코란의 내용을 같이 볼 수 있다. 이처럼 이교도가 세운 건축물마저 수용할 줄 아는 이슬람의 관용 정신은 오스만 제국을 지탱하는 커다란 힘이 되었다.

광장을 사이에 두고 아야 소피아 사원과 마주 보는 자리에 술탄 아흐메드 모스크가 있다. 블루 모스크로 더 잘 알려진 이 사원은 이슬람인들의 건축에 대한 정열과 종교에 대한 헌신을 엿볼 수 있는 곳이다. 블루 모스크에서는 종교적 경건함보다는 편안함이 먼저 느껴진다. 절을 하며 경건한 자세를 유지하는 사람이 있는가 하면 누워서 자는 사람, 삼삼오오 모여서 잡담을 하는 사람도 있다. 이슬람 사원을 갈 때마다 느끼는 것이지만 지나친 경건함보다는 이런 자유로움이 마음을 푸근하게 해 준다. 이런 편안함 때문에 나는 모스크를 휴식처로 삼은 적이 한두 번이 아니다.

아야 소피아 사원 뒤편에는 톱카프 궁전이 울창한 숲에 싸여 있다. 약 4백 년 동안 막강한 힘을 지녔던 술탄이 살던 이 왕궁은 그 자체로 오스만 제국의 상징이다. 보스포러스 해협이 내려다보

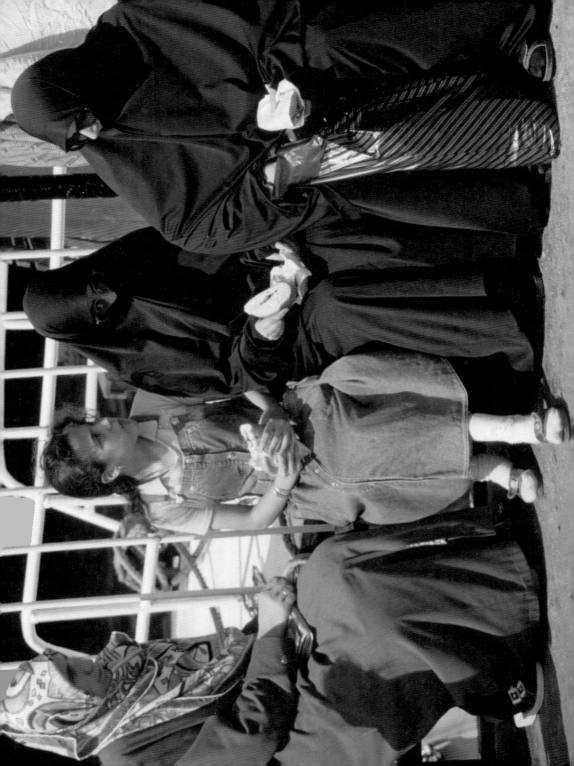

이는 언덕에 위치한 이 궁전에서 25명의 술탄이 제국을 통치하며 세계사의 주인공이 되었다. 과거의 영화와 몰락한 오스만 제국의 슬픔이 한꺼번에 느껴지는 궁전은 화려하면서도 한편으로는 소박한 느낌이 든다. 과거 술탄이 소유하던 막대한 보물들은 세월이 흐르면서 사라졌지만 지금도 온갖 금은보석과 마호메트의 유물, 장신구, 의복, 도자기 등이 전시되어 있어 옛 영화를 보여 준다. 톱카프 궁전에서 가장 신비스러운 구역은 술탄의 여자들이 머물던 하렘이다. 많은 여인이 이곳에 들어오면 죽을 때까지 밖으로 나가지 못했다고 하는데, 세계 각지에서 온 숱한 여인이 술탄의 눈에 띄기를 기다리며 평생을 보내곤 했다.

이 밖에도 이스탄불에는 볼거리가 많다. 모두가 빼놓을 수 없는 역사의 유물들이다. 하지만 나를 매료시킨 건 거대한 유적이 아니라 이 도시에서 살아가는 사람들과 볼품없는 골목이었다. 이스탄불 출신의 노벨 문학상 수상자 오르한 파묵은 자신의 인생을 결정 지은 것이 낡아 가는, 잊혀져 가는, 사라져 가는 몰락의 정서와 가난, 도시를 뒤덮은 폐허가 부연한 슬픔과 같은 것이라고 말했다. 이스탄불에서 한 달 넘게 지냈던 나는 그의 말에 어느 정도 공감이 갔다. 한때 세계의 중심이었지만 이제는 유럽의 변두리로 밀려난 이스탄불에는 알 수 없는 슬픔이 담겨 있다. 나는 매일 갈라타 다리 위에서 허름한 차림으로 바다에 낚싯대를 던지는 사람들을 만났다. 해질 무렵이면 황금빛 비늘이 수면 위로 떠오르며 낚시꾼들과 낭만적인 조화를 이루었다. 아름다운 풍경이었지만 나는 안다. 다리 위에서 낚시를 하는 사람들의 숫자와 실업률이 비례한다는 것을.

구시가지에 보이는 화려한 유적과 달리 낡고 허름한 건물이 즐비한 골목에서 만난 사람들은 순수함이 넘쳤다. 기꺼이 차 한 잔을 대접했으며, 환한 미소를 지어 주었다. 상술에서 비롯한 구시가지의 친절함과는 차원이 달랐다. 하지만 그들의 표정에선 때때로 주변부 삶을 살아가는 사람들의 고뇌와 슬픔이 느껴졌다. 그들에겐 역사와 문화에 대한 자부심보다도 현실적인 가난이 더욱 고민이며, 이스탄불이 더 이상 과거와 같은 영화를 누리지 못한다는 상실감이 있었다. 나는 그들이 지닌 우울함에서 짙은 연민을 느꼈다. 그것은 어쩌면 그들의 삶이 나의 삶과 다를 것이 없었기 때문인지도 모르겠다. 나는 한 달 동안 매일 낯선 골목을 돌아다니고, 새로운 사람들을 만났다. 그러자 화려한 유적 뒤에 숨어 있던 이스탄불의 이면(裏面)이 하나하나 내게 다가왔다. 지금도 이스탄불을 생각하면 눈에 선하게 떠오른다. 그 골목과 그곳에서 만났던 사람들이······.

"폐허와 비애 그리고 한때 소유했던 것을 잃었기 때문에 내가 이스탄불을 사랑한다는 것을 알게 되었다."고 한 파묵의 말처럼 나도, 내가 만난 이들도 모두 이스탄불을 사랑할 것이다.

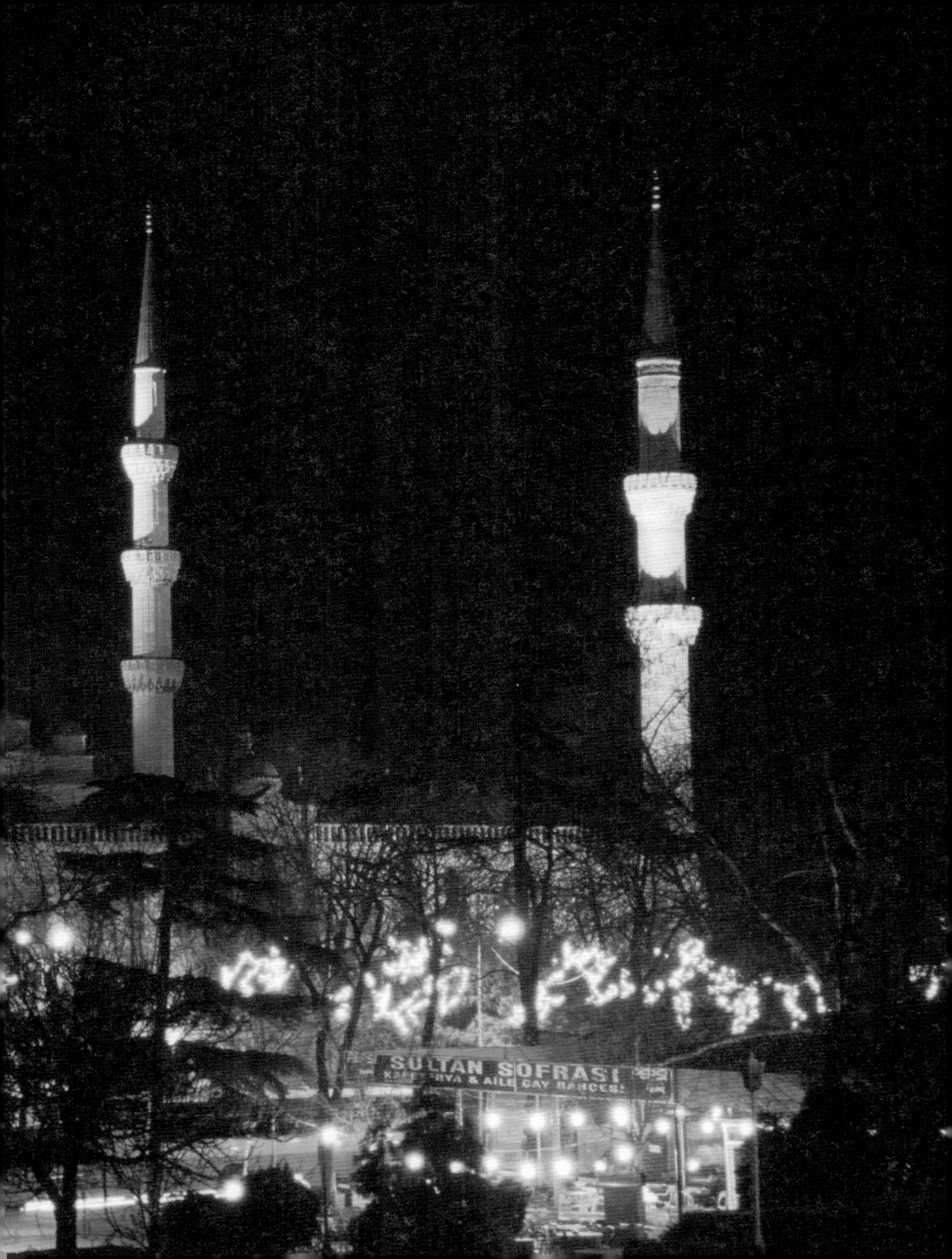
SULTAN SOFRASI

Blue

깊이를 알 수 없는 푸른 호수 · 지우·자이거우
푸른 집들 속에 감춰진 신분 차별의 아픔 · 조드푸르
사방이 푸른빛, 모로코의 그리스 · 쉐프샤우엔

다섯 가지 물감이 담긴
신들의 팔레트

지우자이거우
九寨溝

신들이 살다가 잠시 인간에게 빌려 준 곳은 아닐까? 수정같이 맑은 물과 호수, 폭포가 어우러져

산과 물의 수려함과 우아함을 동시에 보여 주는 지우자이거우의 풍경은 그 어떤 수묵화보다도 깊

이 있고, 수채화보다도 선명하다. 안개구름에 휩싸인 그 모습은 면사포를 쓴 처녀 같기도 하고, 도

도하면서도 우아한 기품을 간직한 선녀 같기도 하다.

벌써 몇 번째인지 모르겠다. 성도에서 아슬아슬한 계곡을 따라 달리던 버스는 가다 서다를 반복했다. 아침 8시에 출발한 버스는 이미 10시간을 넘게 달렸지만 운전기사는 급할 것이 없는 듯했다. 중국인 특유의 '만만디'였다. 버스에 탄 사람들은 모두 꽤 지쳐 보였다. 불편한 의자도 문제였지만 굉음을 내고 있는 엔진 소리는 인내심을 시험하는 듯했다. '인간 선경, 동화 세계'라는 지우자이거우로 가기 위해서 겪어야 하는 최소한의 삯일까? 지루함과 두통에 시달리며 13시간을 달린 끝에 지우자이거우에 도착한 것은 이미 어둠이 사방을 뒤덮은 후였다. 졸린 눈을 비비며 버스 밖으로 첫발을 디디자 시원스러운 물소리와 향기로운 숲 냄새가 은은히 풍겨 왔다. '쏴아아' 하는 물소리가 어서 오라고 반기는 것 같았다. 밤하늘엔 버스 여행에 지친 여행자를 위로하듯 별들이 빛을 발하고 있었다.

성도에서 북서쪽으로 450km 떨어져 있는 민산 산맥의 해발 2,000~4,000m 고지대에 위치한 지우자이거우. 1992년 세계자연유산으로 등재된 이곳은 '물의 나라'이다. 114개의 오색영롱한 호수와 17곳의 크고 작은 폭포가 동화 세상을 연출한다. 지우자이거우라는 이름은 이곳에 9개의 장 족 마을이 있는 데서 유래한 것으로, 지금도 주변에는 장 족이 많이 살고 있다. 지우자이거우에는 신들의 애틋한 사랑의 전설이 담겨 있다. 먼 옛날 남성신 '다게(Dage)'가 바람과 구름으로 거울을 만들어 사랑하는 여신에게 선물했는데, 거울을 보며 즐거워하던 여신이 그만 실수로 거울을 땅에 떨어뜨리고 말았다. 그 거울의 깨진 조각들이 호수와 폭포가 되어 지금의 지우자이거우가 형성되었다는 것이다. 그야말로 신의 실수로 만들어진 걸작인 셈이다.

숙소를 잡고 피곤한 몸을 뉘었지만 늦잠을 잘 수가 없었다. 밖에서 들려오는 시끄러운 버스의 경적 소리 때문이었다. 창문을 여니 버스와 관광객이 쏟아 내는 소음과 시원한 아침 공기가 동시에 쏟아져 들어왔다. 오염되지 않은 맑은 산 공기 때문일까? 피곤했던 몸과 마음이 빠르게 정화되는 느낌이었다. 숙소에서 나와 물소리를 들으며 지우자이거우를 향한 여정에 올랐다. 10여 분 남짓 걸어가니 인파로 북적거리는 입구가 나왔다. 10년이면 강산이 변한다더니 정말 많이 변해 있었다. 1994년 처음 이곳을 찾았을 때는 버스는 물론 관광객도 거의 볼 수 없었다. 그래서 이틀 동안 80km를 걸어서 돌아보았는데, 지금은 셔틀버스가 수시로 운행하였다. 수백 대의 셔틀버스와 단체 관광객들이 뿜어 대는 소란스러움은 과거의 고즈넉한 멋을 기억하고 있는 내게는 가히 충격적이었다. 인근에 공항도 생겼다고 하니, 첩첩산중에 위치한 산골 지역이 상전벽해 수준으로 변한 셈이었다.

Y자 모양으로 나뉘어져 있는 지우자이거우에는 두 개의 여행 코스가 있다. 매표소에서 눠르랑 (洛日浪) 정류장까지 14km까지는 같은 길이 이어지다가 그곳에서 원시삼림(元始森林) 방향과

창하이(長海) 방향으로 나뉜다. 셔틀버스를 타고 10여 분 남짓 가다가 갈대숲으로 둘러싸인 루웨이하이(蘆葦海)에서 내렸다. '갈대 바다'라는 뜻을 지닌 이 호수는 울창한 갈대숲이 바람에 일렁이는 모습이 마치 커다란 파도를 연상케 한다고 해서 지어진 이름이다. 루웨이하이(蘆葦海)는 곧 훠화하이(火花海)로 이어진다. 노을이 물들면 마치 한 송이 불꽃처럼 아름다워서 붙여진 이름이다. 훠화하이를 지나면 19개의 크고 작은 호수가 옹기종기 모여 있는 수정춘하이거우(樹正群海寨)를 거쳐 뉘르랑 폭포로 이어진다. 해발 2,000m 지점에 있는 이 폭포는 중국을 대표하는 폭포 중의 하나로 천둥소리를 내며 떨어지는 모습이 장관이다. 폭포가 바위에 부딪치며 만들어내는 소리가 사나운 짐승의 포효 소리처럼 사방을 울린다.

뉘르랑 폭포에서 지우자이거우는 Y자 코스로 나뉜다. 먼저 원시삼림 방향으로 가기 위해 오른쪽 코스를 택했다. 폭포에서 조금 걸어가자 징하이(鏡海)가 나타났다. 물결이 잔잔한 징하이는 호수에 하늘과 구름, 산이 비치는 모습이 거울 같아서 붙여진 이름이다. 어디가 물이고, 어디가 하늘인지 구분하기 힘들어서 '물고기가 하늘을 헤엄치고, 새가 물속을 난다.'라고 표현할 정도이다. 오색찬란한 수초가 물위에 떠 있고, 수림이 맑은 물속에 깨끗한 그림자를 던지는 모습이 고혹적이다. 이곳을 배경으로 사진을 찍으면 영원한 사랑을 얻는다는 전설이 있는데, 산들바람에 이는 호수의 잔잔한 물결이 마치 채색 명주를 휘저어 한 쌍의 연인을 맞이하는 듯하다.

징하이에서 조금 더 올라가니 전주탄(珍珠灘) 폭포가 나왔다. 이 폭포는 눠르랑 폭포와 더불어 지우자이거우의 아름다움을 고스란히 표출해 내는 걸작이다. 너비 200m의 암반을 뒤덮은 물줄기가 사방으로 퍼져 졸졸 흐르다가 절벽에서 모여 갑자기 세차게 떨어지는데, 떨어지는 폭포의 물방울이 마치 천만 개의 진주 구슬이 쏟아지는 듯하다. 그 소리 또한 암반에서 흐를 때는 경쾌한 현악기 소리를 내다가 절벽에서 떨어질 때는 웅장한 북소리처럼 들린다. 전주탄 폭포에서 이어지는 우화하이(五花海)는 지우자이거우의 수많은 호수 중에서도 백미로 손꼽히는 곳이다. '다섯 가지 꽃의 바다'라는 뜻의 우화하이는 산과 나무, 청록색 물이 어우러진 수채화 같은 호수이다. 꼬리를 접고 있는 공작 모양의 이 호수는 햇빛을 받을 때 파란빛을 발하며 호수 안에 또 다른 세상을 품는다. 물 바닥에 가라앉은 작은 모래 알갱이와 부러진 나뭇가지가 물속에서 또렷이 보이는데, 그 모습이 무척 투명해 마치 명경을 들여다보는 것 같다.

우화하이는 바로 슝마오하이(熊猫海)와 지안주하이(箭竹海)로 이어진다. 두 호수는 주변에 판다가 서식한다고 해서 붙여진 이름이다. 두 곳은 다른 호수에 비해 물의 투명함은 떨어지지만 수심은 꽤 깊다. 예전에 왔을 때는 사람의 흔적이라곤 전혀 찾아볼 수 없었지만 지금은 관광객으로 인산인해를 이루고 있었다. 판다는 더 이상 나타나지 않을 것 같았다. 나는 호수 주변에 앉아 옛 기억을 떠올렸다. 1994년 여름, 인적이라곤 전혀 없던 이 길을 배낭여행 중이던 학생과 둘이

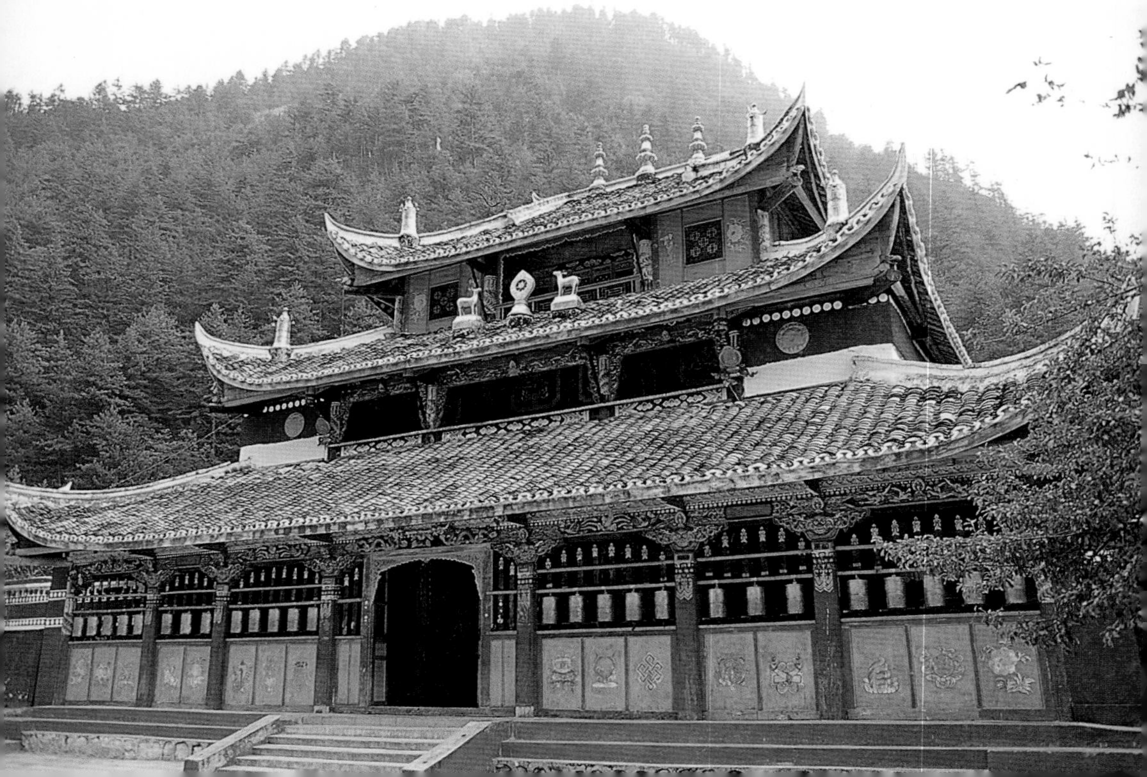

서 걸었다. 매표소에서부터 원시삼림까지 30km를 넘게 걸어갔다 온 우리는 너무나 지쳐 있었고, 주변은 어두워지기 시작했다. 금방이라도 야생 동물이 튀어나올 것 같은 분위기에 발걸음을 재촉할 무렵, 숲속에서 '우워워워' 하는 소리가 들려왔다.

"형! 저거 판다 소리 아닐까요?"

하루 종일 야생 판다와의 조우를 기대했던 그 친구가 말했다. 그러나 판다는 보이지 않았다. 지우자이거우에는 다양한 야생 동물이 살기 때문에 그 소리가 판다의 울음소리일 확률은 많지 않았다. 하지만 우리는 막연히 그 소리가 판다의 울음소리일거라고 생각하며 즐거워했다. 그때는 판다뿐만 아니라 그 어떤 동물이라도 튀어나올 것 같았다. 그만큼 과거의 지우자이거우는 인간의 손길이 전혀 미치지 않은 날것 그대로의 모습이었다.

지안주하이는 장예모 감독이 연출한 〈영웅〉의 촬영 장소로도 유명하다. 이연걸과 양조위가 장만옥의 주검을 앞에 두고 물위에서 대결을 벌이던 명장면의 배경이 바로 이곳이다. 그 수려한 풍광과 빼어난 영상미를 보며 수많은 영화팬이 지우자이거우로의 여행을 꿈꾸었다.

지우자이거우에서는 천연가스로 움직이는 셔틀버스만 다닐 수 있다. 버스마다 전통 의상을 곱게 차려입은 장 족 여인들이 안내원으로 탑승한다. 버스를 타고 40분 정도 올라가니 지우자이거우에서 가장 큰 호수인 창하이가 나타났다. 창하이는 깊은 산 속에 웬 바다가 있나 하는 생각이 들 정도로 규모가 크다. 호수 뒤쪽으로는 해발 3,000m가 넘는 고봉들이 우뚝 솟아 있고, 그 둘레로는 오래된 측백나무들이 서 있다. 물빛이 훤히 들여다보이는 다른 호수와 달리 그 속을 알 수 없을 정도로 깊어서 금방이라도 물속에서 용이 여의주를 물고 불쑥 튀어오를 것 같다. 호수 앞에서는 장 족 여인들이 야크(yak)를 모델 삼아 관광객에게 사진 촬영을 권했다. 남루한 전통 의상을 차려입은 그녀들은 이미 많은 관광객을 상대해 봤는지 노련한 흥정 솜씨를 보였다.

창하이에서 1km 아래쪽에는 지우자이거우의 호수 중에서 가장 아름다운 물빛을 자랑하는 우차이츠(五彩池)가 있다. 호수의 광물질과 침전물로 인해 형형색색의 변화를 보이는 우차이츠는 비취색, 파란색, 초록색 등 다섯 가지 물빛을 낸다고 해서 붙여진 이름이다. 파란색 잉크를 풀어놓은 것 같은 물빛은 신비하고 아름답다는 말 외에는 달리 표현할 수식어를 찾기 힘들다. 많은 것이 변했지만 내 기억 속엔 걸러지지 않은 자연의 숨결을 간직하고 있던 지우자이거우의 옛 모습이 그대로 각인되어 있다. 지금도 그곳에서 만났던 순박한 사람들과 푸른 하늘, 신비로운 물빛, 울창한 숲, 폭포, 구름, 바람이 속삭이듯이 내게 다가온다.

푸른빛 파도가 넘실대는
골목에서 길을 잃다

조드푸르
Jodhpur

"용기가 없어서 고백을 못 한 게 아니라, 절실하지 못해서 고백할 용기가 안 생긴 거였어요."

첫사랑의 핑크빛 열풍을 불러 온 영화 〈김종욱 찾기〉의 무대, 조드푸르. 원색의 사리를 몸에 두른

여인, 절벽 위의 웅장한 성채, 건조한 사막의 공기, 코발트블루 빛의 강렬한 색감이 유혹하는 곳이

다. 무엇보다 영혼마저 푸르게 만드는 그 블루 색조는 보는 이의 마음마저 물들인다.

조드푸르는 변함이 없었다. 기차역은 여전히 혼잡스러웠다. 기차를 타고 내리는 사람, 여기 저기 쓰러져 자는 사람, 짜이를 파는 사람, 오믈렛 장사꾼 등이 과거의 향수를 물씬 느끼게 했다. 1990년대에 나는 해마다 인도를 찾았다. 당시 인도는 꽤 재미있는 나라였다. 물가가 싸고, 볼거리가 많고, 무엇보다도 선한 눈망울을 가진 사람이 많았다. 거창하게 인도의 정신 세계를 들먹이지 않더라도 'Incredible India!' 그 자체였다. 인도에 거대한 변화의 물결이 보이기 시작한 2000년대 초부터 나는 더 이상 인도로 향하지 않았다. 끝없이 몰려드는 관광객과 영악하게 변해 가는 사람들이 싫었다. 세상의 모든 것이 변해 가는데, 그들에게만 변하지 말라는 것 또한 웃기는 일이었지만 어쨌든 인도에 대한 관심이 사라졌다. 그리고 꼭 10년 만이었다.

"안녕하세요?" 아침 식사할 곳을 찾기 위해 시계탑 인근을 걷고 있는데, 한 청년이 인사를 건넸다. 길거리 오믈렛 가게에서 일하는 청년이었다. 마침 문을 연 식당도 없던 터라 거리에 놓인 의자에 앉았다. 위키라는 이름의 청년은 붙임성이 아주 좋았다. 자기 가게에 한국 여행자들이 많이 들른다고 수다스럽게 말하며 방명록을 건넸다.

"혹시 경유 알아요?"
"경유? 그게 누군데?"

"한국 영화배운데, 우리 집에 들렀어요."

내가 모르는 영화배우라! 누가 사기 친 것은 아닌가 하는 마음으로 그가 펼친 방명록을 읽어 보니 공유가 남긴 글이었다. 영화 〈김종욱 찾기〉를 촬영하러 임수정과 같이 왔단다. 와우! 임수정이라고? 그녀는 내가 가장 좋아하는 배우다. 몇 해 전 〈미안하다 사랑한다〉와 〈각설탕〉을 본 후 그녀의 팬이 되었다. 몇 달만 더 일찍 왔다면 그녀를 만날 수도 있었을 텐데⋯⋯. 아쉬웠다.

내가 방명록에 반응을 하자 위키는 신이 난 듯, 유명한 수학자도 왔다 갔다며 또 방명록을 뒤적였다. 〈수학의 정석〉의 저자인 홍성대였다. 순간 웃음이 터져 나왔다.

"위키, 이 사람 정말 유명해. 아마 여기를 찾은 한국 사람들은 거의 다 알 거야!" 하고 말했더니 신이 난 듯 내게도 방명록을 남겨 달라고 했다.

위키가 방명록을 받는 이유는 앞집 때문이었다. 위키네 가게에서 한 발자국 떨어진 곳에 오믈렛 가게가 하나 더 있는데, 여행자의 바이블로 불리는 《론리플래닛》에 소개된 곳이라 손님들이 그 집으로 많이 간다는 것이다. 여행자한테 《론리플래닛》이 어떤 영향을 미치는지 알기 때문에 위

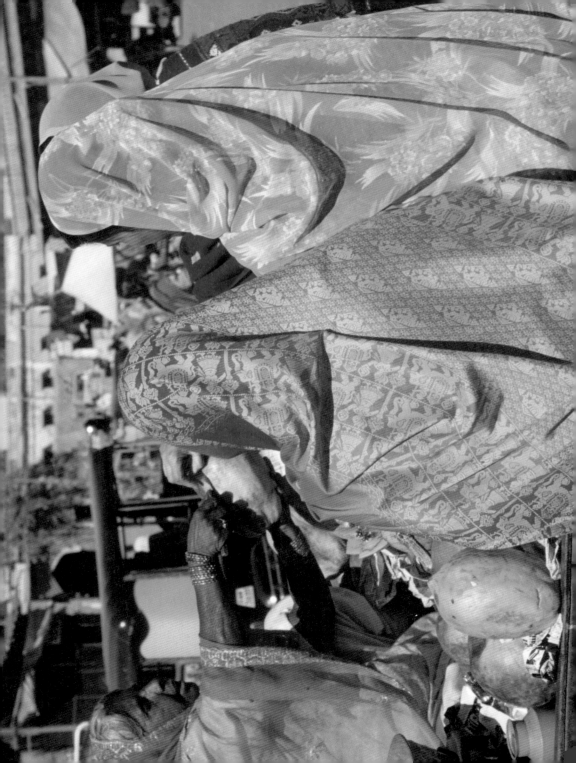

키의 심정이 이해가 갔다. 위키는 가이드북에 소개되지 않은 핸디캡을 특유의 친화력과 방명록으로 해결하고 있었다. 열아홉 살밖에 안 된 친구가 사업 수단이 대단했다. 나중에 알고 보니 두 집 간의 오믈렛 전쟁은 조드푸르를 찾는 사람들에겐 꽤 유명한 일이었다. 고래싸움에 새우등 터진다고 두 가게의 치열한 경쟁 때문에 괜히 여행자들이 난처했다. 한 발자국 사이로 두 가게가 마주 보고 있다 보니 손님들의 일거수일투족이 고스란히 드러났다. 우리나라 사람처럼 정에 약한 사람들은 한 번 들렀던 가게를 뿌리치고 상대 가게로 가는 것이 여간 부담이 아니었다. 나 또한 어쩔 수 없이 위키의 단골이 되었다. "아저씨! 이리 와요." 하는 말을 차마 뿌리칠 수 없었다.

위키의 가게에서 나와 메헤랑가르 성(Meherangarh Fort)으로 향했다. 도시를 굽어보며 절벽 위에 세워진 이 성채는 조드푸르의 상징이었다. 만약 이 성이 없어도 조드푸르를 찾는 여행자가 있을까? 메헤랑가르 성은 이런 의문이 들 정도로 아름답고 웅장했다. 조드푸르는 예로부터 무사들의 도시이다. 영국이 식민 통치를 하던 시절에도 조드푸르의 전사들은 끝까지 저항을 했다. 그들은 전쟁터에서 물러나는 것을 가장 큰 수치로 여겼다. 죽을지언정 결코 물러나지 않았다. 메헤랑가르 성은 이런 조드푸르의 전사들과 잘 어울리는 곳이다. 멀리서 보니 바위산을 빙 둘러싼 성채가 마치 거대한 조각품처럼 느껴졌다.

성 앞에서 한 사람을 떠올렸다. 인도를 자주 찾던 시절에 만났던 거리의 악사이다. 조드푸르에 올 때마다 성 앞에서 그를 만났다. 한쪽 다리가 없던 그는 앉은 채로 라자스탄 전통 악기인 라울라타를 연주하며 구걸을 했다. 10세 남짓한 그의 딸은 음악에 맞춰 춤을 추었다. 가뜩이나 애잔한 선율의 라울라타가 잘린 다리 때문에 더욱 슬프게 들렸다. 그때는 잘 몰랐다. 그가 짊어진 고단한 삶의 무게를…….

당시, 나는 인생을 알기에는 어린 나이였다. 가족이 생기고 나서야 그의 삶이 얼마나 힘겨웠을지 겨우 알게 되었다. 그래서인지 조드푸르에 도착한 순간부터 그가 보고 싶었다. 성 입구에서 혹시나 하고 그를 찾았지만 보이지 않았다. 아쉬웠다. 세월이 흘렀어도 그의 힘겨운 삶을 보상해 주지는 못했으리라. 그는 여전히 버거운 짐을 벗어던지지 못하고 어딘가에서 라울라타를 연주하고 있겠지. 어쩌면 삶의 부질없는 연민을 벗어던지고 죽음의 끝자락에 다가섰는지도 모르겠다. 인도인들의 평균 수명은 그다지 길지 않으니까…….

성의 내부는 정교한 조각과 금은보석으로 치장되어 있었지만 이미 여러 번 다녀간 곳이기 때문에 별로 관심이 가지 않았다. 성 끝자락에 있는 포대로 향했다. 〈김종욱 찾기〉에서 지우(임수정)가 조드푸르 시내를 내려다보던 곳이다. 여기서 내려다보면 조드푸르가 왜 블루 시티인지 한눈

에 깨닫게 된다. 성곽 아래의 집들이 모두 푸른빛을 머금고 있었다. 파란 하늘과 집들이 몽환적인 풍경을 연출했다. 그것은 내 의식의 한계를 벗어난 또 다른 세계의 이미지였다. 마치 코발트블루 빛의 넓은 바다가 연상되는 풍경이었다. 이렇게 눈부시게 아름다운 빛이 차별의 색이었다는 것이 믿기지 않았다.

힌두교에서 파란색은 시바 신을 상징하는데, 조드푸르는 인도에서도 힌두교의 영향이 가장 강하게 남아 있는 도시 중 하나이다. 조드푸르가 온통 파란 도시가 된 것은 옛날에 시바를 모시는 사제이자 힌두 카스트의 최상위 계층인 브라만들이 하층 계급과 차별을 두기 위해 자신들의 집을 시바의 상징색인 파란색으로 칠하면서부터이다. 세월이 흘러 신분 제도가 사라지면서 파란색이 귀족의 색이라는 의미도 퇴색되었다. 브라만들은 더 이상 파란색을 고집하지 않았지만 피지배 계층은 파란색에 집착했다. 그들이 너나 할 것 없이 자신의 집을 파란색으로 칠하면서 지금처럼 온 도시가 파란색으로 빛나게 된 것이다. 슬프면서도 한편으로는 웃기는 이야기가 아닐 수 없다.

성에서 나와 구시가지 골목으로 발길을 돌렸다. '블루 시티'라는 애칭을 갖고 있는 도시이기에 파란빛이 가득한 골목을 걷는 것만큼 조드푸르를 잘 살펴볼 수 있는 방법은 없다. 골목 안으로 들어갈수록 조드푸르는 숨겨진 속살을 고스란히 드러냈다. 곳곳에 파란빛이 넘실댔다. 벽도 문도 창문도 모두 푸른색이었다. 파란빛이 파도처럼 밀려오는 골목에서 순박한 사람들과 조우했다. 해맑은 미소의 아이들, 카드놀이를 하는 사람들, 거리의 이발사, 노점상 주인장 등 영혼마저 파랄 것 같은 사람들을 만나다 보니 저절로 마음이 정화되는 것 같았다. 세계적인 다큐 사진작가인 스티브 맥커리가 이 골목에 매료된 것은 당연한 일처럼 여겨졌다. 사진에 조금이라도 관심이 있는 사람이라면 조드푸르에서 찍은 그의 사진을 보고 감탄한 적이 있을 것이다. 사진 속의 강렬한 색채감이 주는 감동은 모두 이 골목과 순수한 눈빛을 간직한 사람들이 있어서 가능한 것이었다.

어느 순간 미로처럼 얽히고설킨 골목과 비슷한 색깔에 나는 혼동에 빠졌다. 그러나 그것도 잠시, 나는 곧 다람쥐 쳇바퀴 돌 듯이 푸른 골목을 돌고 또 돌며 스티브 맥커리의 흉내를 냈다. 골목에서 만난 그 누구도 카메라 앵글을 피하지 않고 수줍은 미소로 화답했다. 파란 골목과 푸근한 사람들 속에서 나는 행복했다. 길을 잃어도 좋았다. 바람이 되어 이 골목 어딘가에 머물고 싶은 생각마저 들었다. 아! 조드푸르에서의 꿈같은 그 시간. 아이들의 선한 눈망울, 남은 생에 다시 그곳으로 돌아가 그들을 만날 수 있는 날이 오겠지. 나마스테, 인디아!

파란 마법의 도시에서
마음을 빼앗기다

쉐프샤우엔
Chefchaouen

온통 파란색이 넘실거린다. 집과 대문, 골목, 하늘, 심지어는 택시마저도 파랗다. 한 종류의 파란

색이 아니다. 코발트블루, 인디고블루, 스카이블루, 화이트블루……. 마을 전체가 온통 파란색의

마법에 빠져 버린 느낌이다. 시간마저 길을 잃을 것 같은 이 파란 마을에서 나는 길을 잃고 골목을

돌고 또 돌았다. 이곳에선 길을 잃고 어슬렁거려도 한없이 행복할 것 같았다.

"아저씨! 쉐프샤우엔 가 보셨어요?"

"완전히 파란 도시에요. 마치 그리스 섬을 연상시키는 곳이에요."

선배가 운영하는 여행사에서 근무하던 윤식이의 소개로 알게 된 쉐프샤우엔. 화이트와 블루 색조가 넘실거리는 쉐프샤우엔의 사진을 보는 순간 내 마음은 이미 그곳으로 향하고 있었다. 모로코 북서부의 리프 산맥에 위치한 쉐프샤우엔은 다소 낯선 이름이지만 여행자들 사이에선 모로코에서 가장 예쁜 마을로 알려진 곳이다. 이렇게 아름다운 마을을 왜 여태 몰랐는지……. 나는 세 번째로 모로코 여행을 가서야 겨우 쉐프샤우엔에 갈 수 있었다.

쉐프샤우엔으로 가는 길은 포근하면서도 평화로웠다. 올리브 나무와 노란 야생화가 수시로 펼쳐지는 풍경은 안달루시아를 연상케 했다. 버스가 가파른 산길을 따라 마을 입구로 접어들자 염소 뿔처럼 솟은 두 개의 봉우리가 웅장한 자태를 뽐냈다. 베르베르 어로 쉐프샤우엔은 '뿔들을 보라.'라는 뜻인데, 이 봉우리들 때문에 그런 이름이 붙은 듯했다.

해발 660m에 위치한 쉐프샤우엔은 1471년에 건설되었다. 기독교도의 국토회복운동에 밀려 이베리아 반도에서 쫓겨나게 된 무어 인들은 이곳에 요새를 쌓고 스페인과 포르투갈 군대의 침입에 대비했다. 15세기 후반, 그라나다를 비롯한 스페인 안달루시아 지방에 거주하던 무어 인들이 피난을 오면서 쉐프샤우엔은 전성기를 맞이했다. 그들은 집을 하얗게 칠하고 발코니와 오렌지나무가 자라는 안뜰을 만들어 자신들이 살던 안달루시아 스타일로 만들었다. 당시에는 대문이나 창문을 모두 전통적인 이슬람의 색인 녹색으로 칠했다. 지금처럼 온 마을이 파란 빛깔로 뒤덮이게 된 것은 1930년대에 새로 이주해 온 유대인들이 자신들의 집을 파란색으로 칠하면서부터이다. 쉐프샤우엔은 20세기 초까지만 해도 외부에 거의 노출되지 않았기 때문에 모로코의 옛 전통을 고스란히 간직하고 있었다.

마을에 도착한 순간 조금 실망스러웠다. 그 어디에도 내가 기대했던 파란색은 보이지 않았다. 오히려 흰색으로 채색된 건물과 현대적인 광장이 눈앞에 펼쳐졌다. 이런 걸 보러 온 것이 아닌데……. 왠지 속은 느낌이 들었다. 그러나 실망은 잠시뿐이었다. 칙칙한 아치형 입구를 통과해 메디나로 들어서자 푸른 골목이 서서히 그 모습을 드러냈다. 아래는 파란색, 위는 흰색으로 칠한 벽들이 블루와 화이트의 산뜻한 조화를 보여 주었다. 쉐프샤우엔의 메디나는 여느 모로코의 도시처럼 좁고 가파른 골목이 엉켜 있었지만 훨씬 정감이 있었다. 온갖 채도의 푸른 색조가 감

성을 자극한 면도 있지만 왠지 모를 느긋함과 한가로운 분위기가 감돌았다. 가이드를 해 주겠다며 집요하게 따라오는 사람도, 호객 행위를 하는 사람도 없었다. 모로코의 다른 도시에서 하도 시달려서 그런지 귀찮게 하는 사람이 없는 것만으로도 행복했다. 이곳에선 잠시 길을 잃고 한가로운 여유를 만끽해도 좋을 것 같았다.

나는 뚜렷한 목적지 없이 발길 닿는 대로 골목을 걸었다. 좁고 구불구불한 골목은 미로처럼 이어졌다. 길모퉁이를 돌 때마다 또 어떤 풍경이 펼쳐질지 알 수 없어서 마치 숨은 보물찾기를 하는 느낌이었다. 골목엔 어디나 푸른색이 넘쳤다. 지중해 물빛을 연상시키는 진한 코발트블루에서부터 맑은 하늘을 닮은 파스텔블루, 인디고블루 등 집과 골목이 모두 푸른색으로 칠해져 있다. 조금씩 다른 농도의 푸른색이 흰색과 절묘하게 어우러져서 아무렇게나 셔터를 눌러도 엽서의 한 장면이 되었다. 운이 좋아 파란 화분이 가지런히 놓인 골목에 고양이라도 한 마리 앉아 있으면 더욱 기가 막힌 작품이 나왔다. 파란빛이 선명한 골목과 꽃이 화사하게 핀 화분, 고양이가 연출하는 풍경은 가히 몽환적이었다. 금방이라도 대문에서 파란 스머프가 튀어나올 것 같은 풍경은 현실이 아닌 동화 속의 세계였다.

골목마다 숨어 있는 가게에 내걸린 화려한 색감의 물건들은 쉐프샤우엔을 더욱 돋보이게 했다. 쉐프샤우엔의 가게 주인들은 모두가 색감에 대해서는 일가견이 있는 듯, 색을 이용한 배치가 탁월했다. 원색의 옷과 카펫, 전등갓, 액세서리, 신발, 가죽가방, 파스텔 톤 염료 등 다채로운 빛깔의 물건들이 푸른색과 어우러지면서 더욱 강렬한 색감을 연출했다. 하지만 쉐프샤우엔의 골목에 생명력을 불어넣는 것은 모로코의 그 어느 도시보다도 따뜻하고 친절한 사람들이었다. 마법사 의상 같은 젤라바(모로코 전통 의상)를 입고 한가롭게 산책하는 노인들, 천진난만한 아이들, 골목의 상인들이 이 골목을 박제된 공간이 아닌 살아 숨 쉬는 공간으로 만들었다.

쉐프샤우엔에서는 유난히 아이들을 많이 보았다. 사진 찍히는 것을 낯설어하는 녀석들을 카메라에 담는 것이 녹록지 않았지만 호기심 가득한 눈빛으로 우르르 몰려드는 아이들은 조용한 골목에 생기를 불어넣었다. 따사로운 햇살이 비치는 광장에 모여 앉아 수다를 떨고 있는 할아버지나 신문을 읽으며 손님을 기다리는 상인들의 나른한 모습 등은 금방이라도 나에게 전이될 것 같았다. 쉐프샤우엔에는 별다른 볼거리가 없다. 마라케시의 활기도, 페스의 복잡함도, 카사블랑카의 현대미도 찾아볼 수 없다. 여행자들이 이곳으로 몰려드는 이유는 단 한 가지, 푸른빛과 마을 전체에 떠도는 느긋하고 여유로운 분위기 때문이다. 여행에 지친 사람들은 이곳에서 머물며 지친 몸과 마음을 치유하며 새로운 힘을 얻는다.

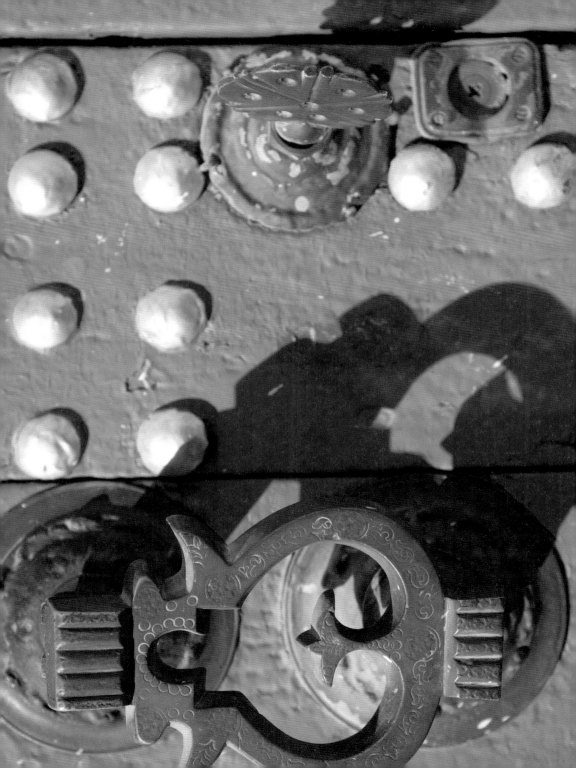

골목에서 빠져나와 메디나의 중심부인 우타 엘 하맘(Uta el-Hammam) 광장으로 향했다. 메디나에서 푸른빛이 없는 곳은 이 광장 앞에 위치한 카스바뿐이다. 파란 마을과 전혀 어울리지 않을 것 같은 황토빛의 성채, 카스바. 그 투박한 흙벽이 이곳이 지중해나 안달루시아가 아닌 모로코임을 일깨웠지만 카스바는 의외로 푸른빛과 완벽한 조화를 이루었다. 카스바 앞에는 선물 가게와 노천카페가 줄지어 늘어서 있었다. 쉐프샤우엔을 찾는 여행자치고 노천카페를 스쳐 지나가는 사람은 많지 않다. 달콤하면서도 시원한 향기가 감도는 따뜻한 박하차 한 잔을 시켜 놓고 노천카페에 앉으면 행복한 기운이 온몸으로 전해진다. 그러나 이곳에선 절대로 오래 앉아 있으면 안 된다. 30분 이상 앉아 있다 보면 자신도 모르는 사이에 나른한 분위기에 감염되어 꼼짝달싹 할 수 없게 된다.

우타 엘 하맘 광장을 벗어나 동쪽으로 10여 분 남짓 걸어가니 메디나와는 또 다른 풍경이 펼쳐졌다. 계곡 중턱에 위치한 빨래터에선 동네 아낙들이 빨래를 하고 있었고, 그 하류에서는 청년들이 양가죽을 씻고 있었다. 이곳 사람들에겐 모두가 지극히 평범한 일상이지만 여행자에겐 모두가 매력적인 풍경이었다. 빨래터를 지나 뒷산으로 올라가다가 선인장과 바윗덩어리가 어우러진 언덕에서 몇 명의 청년들을 만났다. 낯선 동양인의 출현에 무료하게 앉아 있던 그들이 말을 걸어왔다.

"이리로 와요. 여기서 보면 끝내주는 전망을 볼 수 있어요."

"어느 나라에서 왔어요?"

"아. 사우스 코리아! 그럼 박 알아요? 맨체스터 유나이티드에서 뛰는 지성 박이요."

축구를 좋아하는 모로코에서는 한국에서 왔다고 하면 이 질문을 하는 사람들이 많다.

언덕에선 쉐프샤우엔의 풍경이 한눈에 펼쳐졌다. 하얀 집과 초록색의 올리브 밭 그리고 파란 하늘이 어우러진 풍경이 청량하기 그지없었다. 블루와 화이트 색조의 선명한 대비는 그리스 섬을 연상시키기도 했고, 주황색 테라코타 타일을 올린 하얀 집과 황량한 산으로 둘러싸인 풍경에서는 안달루시아의 하얀 마을이 떠오르기도 했다. 유럽인지 아프리카인지 분간할 수 없는 오묘한 풍경이 쉐프샤우엔 특유의 아우라를 만들어 내고 있었다. 눈부신 빛과 선명한 블루 색조, 나른한 분위기를 마음껏 누릴 수 있었던 쉐프샤우엔은 한 컷의 사진보다도 마음속에 담아 두고 싶은 마을로 기억될 것이다.

에
필
로
그

평범한 일상 속에서
소박한 행복을 느끼다

1996년에 3개월간 호주로 여행을 떠난 적이 있다. 그때 호주 동부 바이런 베이(Byron Bay) 인근에 위치한 님빈(Nimbin)이라는 작은 마을에 들렀다. 님빈은 히피들의 천국으로 호주 사람들조차 잘 알지 못하던 곳이다. 그곳에선 대낮부터 마리화나에 취해 있는 사람들을 쉽게 볼 수 있었다. 마을 분위기도 호주의 다른 도시와 전혀 달랐다. 마을 전체에서 알 수 없는 나른한 분위기가 감돌고, 거리에서 만난 사람들 중 상당수는 눈이 풀려 있었다. 그들의 흐리멍덩한 모습에 긴장감을 갖고 있던 나는 허름한 박물관에서 지금도 잊지 못하는 한 문구를 마주했다. 온갖 잡동사니가 쌓여 있는 박물관에 아무렇게나 널브러져 있던 그림에 새겨져 있는 "Life was Freedom." 그 문구를 보는 순간 머릿속이 멍했다.

당시 나는 자유롭게 살고 싶어서 여행을 떠났고, 세상을 마음껏 돌아다녔지만 현실과 이상 사이에서 끊임없이 고민하고 있었다. 그런데 "인생이 자유였다니……." 그림에 새겨진 문구는 현재가 아니라 분명히 과거 시제였다. 과거형 시제는 그렇게 살아왔거나, 흘러간 시간에 대한 후회를 내포하는 것이다. 나는 여행을 다니면서 한 번도 히피처럼 행동한 적이 없었다. 그들의 삶을 이해는 했지만 그들처럼 살고 싶지는 않았다. 하지만 자유로운 삶을 갈구하는 것은 그들이나 나나 다르지 않았다. 내가 추구하는 삶이 그대로 함축되어 있던 그 문구는 지금도 뇌리를 떠나지 않고 있다.

나는 더 이상 예전처럼 자유로운 삶을 갈망하거나 방랑을 하며 살고 싶다는 생각을 하지는 않는다. 오랜 여행을 통해서 내가 자유롭게 살 수 없다는 것을 깨달았기 때문이다. 세상의 많은 수도자들이 치열하게 수행하는 것 자체가 모든 것을 털어 버리고 궁극의 자유를 얻기 위함인데, 그들조차 쉽게 얻지 못하는 자유를 꿈꿨으니 그 자체가 얼마나 허망한 것인가? 그것도 치열한 사유와 사고 없이 그저 세상을 돌아다니는 것만으로 자유롭다고 생각했으니 착각도 그런 착각이 없었다. 이제 내가 추구하는 삶은 예전처럼 방랑이나 길 위를 떠도는 삶이 아니다. 현실과 이상의 경계 속에서 균형 잡힌 삶을 살면서 제한된 자유나마 온전히 만끽하고 싶을 뿐이다. 그리고 이젠 내 삶의 일부분이 되어 버린 여행을 즐기며 소박한 행복감을 느끼고 싶다. 굳이 해외가 아니라도 좋다. 국내 여행이면 어떻고, 또 동네 여행이면 어떠랴. 평범한 일상 속에서 느끼는 행복 또한 여행길에서 느끼는 행복 못지않게 소중한 것을.

가끔 여행 중에 만난 사람들 중에는 직장을 그만두고 떠나온 사람도 있었고, 여행 작가가 되겠다며 학교를 그만두겠다는 친구도 있었다. 예전엔 그런 친구들을 만나면 하고 싶은 대로 하고 사는 것이 인생이라고 말했다. 하지만 지금은 그런 말을 하기가 쉽지 않다. 학생들은 졸업하자마자 실업자가 되고, 꿈과 희망 대신 오로지 취직이 모든 것이 되어 버린 세상 속에 내던져진다. 먹고 살기도 힘든 세상에 어떻게 떠나라고 할 수 있겠는가? 하지만 아무리 삶이 힘들어도 조금은, 아주 조금은 여유를 갖고 살아야 하지 않을까? 미래에 대한 꿈과 희망조차 없다면 삶은 너무 비참하다. 해외여행이 안 된다면 국내 여행이라도, 그것도 안 된다면 버스나 지하철을 타고 동네 여행이라도 나서면 된다. 군이 먼 데서 의미를 찾고 거창하게 생각할 필요는 없다. 당장은 힘들더라도 여행에 대한 꿈과 열정이 있다면 언젠가는 동네 여행에서 국내 여행으로 그리고 다시 세상 밖으로 힘찬 발걸음을 내딛는 당신을 만나게 될 것이다.

Yellow

2. 알크마르 Alkmaar

1. 아를 Arles

아를에서 꼭 가 볼 만한 곳
로마 원형 경기장
아를에 도착하면 가장 먼저 보게 되는 유적으로, 로마 시대 프로방스 유물 중에서 가장 잘 보존된 곳으로 손꼽힌다. 도리아식과 코린트식 기둥이 떠받치고 있는 2층 구조로 중세 때는 경기장 안에 집이 들어서는 등 훼손이 심했으나 1825년에 현재의 모습으로 복원되었다. 여름에는 2만 명이 관람할 수 있는 투우 경기가 펼쳐진다.

고대 극장
기원전 1세기에 지어진 로마 시대의 반원형 극장. 지금은 거의 폐허 상태로 계단 일부와 '두 명의 미망인'이라는 애칭이 붙은 두 개의 원형 기둥과 토대만이 옛 영화를 쓸쓸히 보여 주고 있다. 원래 이곳에 있던 돌들은 모두 뜯겨져 다른 건물을 짓는 데 사용되었다고 한다. 고대 극장은 아를 축제의 주요 무대로 매년 여름, 국제 사진 축제와 영화제, 민속 축제 등 다양한 행사가 열린다.

생 트로핌 교회
아를에서 가장 중요한 건축물 중 하나로 아를에 기독교를 전파한 수호 성인이자 주교인 성 트로핌을 기념하기 위해 세운 교회이다. 교회는 두 개의 건축 양식이 혼합되어 있다. 로마 노세코 양식의 북쪽과 동쪽 부분은 12세기에 만들어진 것이고, 고딕 양식의 서쪽과 남쪽 부분은 14세기에 만들어졌다. 교회 정면에는 최후의 심판 장면이 조각되어 있는데, 그 섬세함이 교회의 아름다움을 더욱 빛내 준다. 중세 때 순례자들이 스페인의 산티아고로 가는 길에 들렀던 유명한 교회이기도 하다.

네덜란드 치즈의 역사와 종류
인류가 치즈를 만들어 먹기 시작한 것은 우유를 마시기 시작하면서부터일 것으로 추측된다. 기록으로 남아 있는 치즈의 역사는 기원전 3500년까지 거슬러 올라간다. 메소포타미아 지방의 점토판 문서에 치즈에 관한 기록이 있고, 이집트에서도 비슷한 시기에 치즈를 만들어 먹은 것으로 알려져 있다. 네덜란드에서는 대략 2천 년 전부터 치즈를 만들기 시작했다. 네덜란드는 이미 중세 때부터 다른 나라로 치즈를 수출할 정도로 치즈 강국이었다. 수많은 나라의 치즈 중 유독 네덜란드 치즈가 유명한 것은 이 나라가 세계 최고의 낙농업국인 까닭도 있지만 무엇보다도 뛰어난 품질 때문이다.

오늘날 네덜란드를 대표하는 치즈로는 고우다(Gouda) 치즈와 에담(Edam) 치즈가 있다. 고우다는 네덜란드 남부 도시로 치즈의 본고장이다. 고우다 치즈는 젖산균 숙성 치즈의 대표 주자로 전유 또는 반탈지 우유를 사용하여 직경 30cm, 두께 8~12m의 원반으로 만든다. 고우다 치즈는 담황색 또는 버터 빛깔을 띠며 매우 부드러운 맛이 특징이다. 에담 치즈는 고우다 치즈와 함께 네덜란드를 대표하는 치즈로 네덜란드 북부의 작은 도시 에담이 그 원산지이다. 에담 치즈는 고우다 치즈와 그 냄새는 비슷하지만 좀 더 건조되어 딱딱한 편이다. 에담 치즈는 붉은색의 왁스 코팅이 트레이드마크인데, 중세 때 바다를 통해 수출하면서 보존성을 높이기 위해 적용한 데서 유래한 것이라고 한다. 에담 치즈는 독특한 모양과 색깔, 크기 때문에 식탁을 장식하는 바구니에 넣어 두기도 한다. 치즈의 맛을 제대로 즐기려면 냉장고에 보관해 두었다가 그 향이 제대로 나올 수 있도록 한 시간 정도 실온에 두어야 한다. 치즈의 맛과 가장 잘 어울리는 음식은 빵과 와인이다.

3. 산크리스토발 데 라스 카사스 San Cristobal de las Casas

사파티스타 봉기

산크리스토발 데 라스 카사스라는 도시를 이해하는 데 빼놓을 수 없는 것이 사파티스타 봉기이다. 1994년 1월 1일, 미국과 캐나다, 멕시코 대통령이 기자 회견을 열어 북미자유무역협정(NAFTA)의 발효를 선언했다. 그것은 유럽 공동체(EU)에 이어 두 번째로 진행된 대규모 경제 통합으로 세 나라의 경제를 사실상 하나로 묶는 시발점이었다. 그러나 그 다음날 전 세계의 신문에는 세 나라 대통령의 사진이 아니라 무장한 멕시코 원주민들의 사진이 실렸다. 복면을 한 지하 사령관 마르코스가 지휘하는 치아파스의 사파티스타 민족 해방군(EZLN)이 전 세계에 자신들이 등장했음을 알린 것이다. 이들은 선언문을 통해 수 세기 동안 원주민들은 수탈과 억압과 멸시의 대상이었으며, 더 이상 불의를 참을 수 없어 멕시코 정부군에 선전 포고를 한다고 했다. 이들이 봉기한 직접적인 원인은 당시 멕시코 대통령인 살리나스가 추진한 신자유주의 정책과 북미자유무역협정이었다. 정부의 토지 매각 정책에 의해 많은 원주민들이 자신들의 땅을 빼앗기고 정글로 들어갔다. 북미자유무역협정은 가난한 원주민들에게는 사망 선고와도 같은 협정이었다. 이에 사파티스타 민족 해방군은 산크리스토발 데 라스 카사스를 비롯해 몇몇 도시를 장악하고, 토지 개혁과 원주민의 정치적, 경제적 권리와 민주주의를 요구했다. 그들의 궁극적인 목적은 권력과 자원을 소수의 부자로부터 가난한 다수에게 분배하는 것이었다. 사파티스타는 정부군에 진압되어 다시 정글로 돌아갔고, 1995년 평화 협정이 맺어졌다. 그들의 봉기는 실패로 돌아갔지만 오늘날 반자유주의 운동의 기수로 세계인의 주목을 받고 있다.

4. 망통 Menton

망통에서 꼭 가 볼 만한 곳

생 미셸 거리

생 미셸 거리(Rue St. Michel)는 망통의 구시가지의 핵심이 되는 도로이다. 보행자 전용 도로인 거리 양쪽에는 라벤더와 비누, 꽃, 향수 등 프로방스 스타일의 기념품을 파는 가게와 레스토랑, 카페 등이 즐비하다. 거리가 온통 노란색과 오렌지색으로 채색되어 있어서 노란색의 도시 망통의 분위기를 만끽하기에 좋은 곳이다.

생 미셸 교회

화려한 내부 장식이 돋보이는 바로크 양식의 교회로 구시가지 언덕에 위치해 있다. 17세기에 건설되기 시작했으나 몇 세기가 지난 후에야 완성되었다. 교회 앞 광장에서는 매년 망통 뮤직 페스티벌이 열린다. 성당 앞에서는 지중해의 모습을 한눈에 내려다볼 수 있다.

시청사

망통에서 가장 아름다운 바로크 양식의 건물인 시청사는 장 콕토의 그림으로 더욱 유명세를 떨치고 있다. 장 콕토는 프랑스 출신의 시인이자 소설가, 극작가, 영화감독 등 장르를 넘나들며 문화 예술 전 분야에 걸쳐 활발한 활동을 펼친 예술가이다. 파리 근교에서 태어난 장 콕토는 망통과 인연이 깊은 작가로, 시청 안의 웨딩 홀인 살레 마라주(Salle des Mariages)에는 장 콕토가 오르페우스의 전설에서 영감을 얻어 그린 벽화로 가득 차 있다.

장 콕토 박물관

해변을 따라 있는 산책로를 걷다 보면 끝자락에 작은 성채가 하나 보인다. 17세기에 만들어진 이 성벽 안으로 들어가면 장 콕토 박물관을 만날 수 있다. 박물관의 규모는 작지만 장 콕토가 그린 회화, 스케치, 데생, 태피스트리 등이 전시되어 있다. 장 콕토의 팬이라면 꼭 들러 볼 만한 곳이다. 이곳에서 바라보는 항구의 풍경도 일품이다.

여행 정보

Red

나미비아 Namibia

1. 나미브 사막 Namib Desert

교통

우리나라에서 나미비아까지 바로 연결되는 항공편은 없다. 먼저 남아프리카공화국의 케이프타운까지 간 후, 그곳에서 비행기를 갈아타고 나미비아의 수도인 빈트후크로 가는 것이 일반적인 방법이다. 빈트후크에서 나미브 사막까지는 대중교통 수단이 없기 때문에 차를 렌트하거나 투어를 이용해서 가야 한다. 사막 투어 비용은 3박 4일 기준으로 US$560~600 정도 한다.

비자

나미비아를 가려면 꼭 비자를 받아야 한다. 최근에는 우리나라에서도 받을 수 있지만 시간과 비용이 많이 들어간다. 나미비아 비자를 받기 가장 좋은 곳은 케이프타운이다. 케이프타운에서는 US$75 정도의 비용으로 바로 비자를 발급받을 수 있다. 아프리카라 하더라도 다른 나라에서 받을 때는 며칠씩 기다려야 하거나 비자가 발급되지 않는 경우도 종종 있다.

숙박

나미브 사막에 있는 숙소들은 모두 예약이 필요하다. 특히 여행자들이 많이 찾는 세스리엠 캠프사이트(Sesriem Campsite)는 꼭 예약을 하고 가는 것이 좋다. 대부분의 캠프사이트는 로지와 캠핑장을 같이 운영하고 있는데, 캠핑장 이용료는 텐트를 이용할 경우 US$35 정도 한다. 나미브 사막의 숙소 예약은 빈트후크의 국립 공원 숙소 예약 센터를 통해서 할 수 있다. 관광 안내소에 가면 예약하는 곳의 위치를 자세히 알려 준다.

주의

나미브 사막의 모래는 해가 뜨면 다른 사막과는 비교할 수 없을 만큼 뜨거워진다. 해가 뜨면 금방 화상을 입을 정도로 모래가 달궈지니 꼭 신발을 신는 것이 좋다. 10~20분 차이에도 그 열기가 확연히 달라지니 해가 뜬 이후에는 절대로 맨발로 다니지 않는 것이 좋다. 사막을 오를 때는 물을 충분히 준비하는 것이 좋다.

모로코 Morocco

2. 마라케시 Marrakesh

마라케시에서 꼭 해 봐야 할 세 가지

저녁에 제마 엘프나 광장 나가 보기

제마 엘프나 광장은 세상의 그 어떤 광장보다도 요란스럽고 활기가 넘치는 곳이다. 모로코를 대표하는 관광지로 세계의 여행자를 끌어들이는 이 광장에서는 매일 저녁마다 뜨거운 볼거리 마당과 세상 어디에서도 찾아보기 힘든 야시장이 펼쳐진다. 제마 엘프나 광장으로 몰려드는 인파와 열기를 느껴 보지 못한다면 모로코를 여행했다 말하기 힘들 정도이다. 먹을거리, 볼거리, 살거리가 풍성한 이 광장의 열기를 느껴 보는 것, 그것이 바로 마라케시에서 가장 먼저 할 일이다.

시장 구경하기

모로코를 통틀어 마라케시의 시장만큼 매력적인 곳도 드물다. 미로처럼 얽혀 있는 골목 곳곳에 놓여 있는 신기한 물건과 그 속에서 살아가는 사람들이 내뿜는 뜨거운 삶의 열기는 여행자의 마음을 사로잡기에 충분하다. 아직도 중세의 시간에 머물러 있는 것 같은 골목과 서민의 숨결이 함께 느껴지는 마라케시의 시장은 아무리 봐도 싫증나지 않는다.

마조렐 정원 돌아보기

20세기 최고의 패션 디자이너로 손꼽히는 이브 생 로랑이 사랑한 공간이다. 마라케시는 도시가 온통 붉고, 뜨거운 열기에 휩싸인 땅이다. 마조렐 공원은 그 열기를 잠시 식힐 수 있는 곳으로 붉은 도시 마라케시에서 푸른색을 만날 수 있는 곳이기도 하다. 우리나라에서 보기 힘든 예쁜 선인장과 식물, 연못 등을 보며 쉬다 보면 금방이라도 행복 바이러스에 감염된다.

요르단 Jordan

3. 페트라 Petra

교통

페트라로 가는 여행자들은 보통 암만이나 아카바를 통해서 온다. 암만에서 페트라까지는 버스가 수시로 운행하며 3시간 정도 소요된다. 이집트 방향에서 육로로 오는 사람들은 아카바를 거쳐서 많이 온다. 아카바에서 페트라를 돌아보는 거점 도시인 와디 무사까지 하루에 4~5차례 버스가 운행한다.

비자

요르단에 입국하려면 비자가 필요하다. 요르단 비자는 우리나라에서 미리 받을 수도 있고, 공항이나 국경의 출입국 안내소에서 직접 받을 수도 있다. 비용은 우리나라에서 받으나 요르단에서 받으나 비슷하다. 대부분의 여행자들은 요르단 현지에서 비자를 받는다.

숙박

호텔은 페트라에서 조금 떨어진 와디무사에 몰려 있다. 저렴한 숙소들은 와디무사의 메인서클에서 도보로 5분 거리에 몰려 있으며, 고급 호텔은 시내에서 조금 떨어진 곳에 많이 있다. 버스가 도착할 무렵이면 호객꾼들이 몰려 나오는 경우가 많으나 그들의 말과 실제 숙소의 시설이 다른 경우가 많으니 꼼꼼히 살펴보고 숙소를 정하는 것이 좋다.

간단한 팁

페트라를 돌아보려면 하루가 꼬박 걸린다. 페트라 내부에는 식사를 할 만한 곳이 많지 않다. 베두인이 운영하는 허름한 가게와 고급 레스토랑이 있으나 유적지 밖에 비하면 꽤 비싸다. 게다가 유적지를 돌다 보면 식사 때를 놓치는 경우가 많으니 미리 물과 음식을 준비해 가는 것이 좋다.

크로아티아 Croatia

4. 두브로브니크 Dubrovnik

두브로브니크에서 꼭 해야 할 네 가지

두브로브니크 성벽 걷기

두브로브니크 구시가지에는 총 2km에 달하는 성벽이 있다. 성벽은 2백만 개에 달하는 돌을 쌓아 만든 것으로 중세 시대에는 그야말로 난공불락의 성이었다. 이 성벽을 걷는 것은 두브로브니크에서 가장 먼저 해야 할 일이다. 성벽을 따라 걷다 보면 두브로브니크의 영광과 아픔 그리고 아드리아 해의 절경을 한눈에 엿볼 수 있다. 성벽에서 보는 경치는 꽤나 매혹적이다. 한쪽으로는 긴 역사를 느끼게 하는 붉은 기와와 흰 벽의 집들이 줄지어 있고, 또 한쪽으로는 잔잔하게 반짝이는 푸른 아드리아 해가 그림같이 펼쳐진다.

유람선 타고 아드리아 해 돌아보기

두브로브니크 구 항구 앞에서는 유람선이 수시로 출발한다. 이 유람선을 타고 아드리아 해로 나가면 시내에서는 볼 수 없는 두브로브니크의 또 다른 풍경이 펼쳐진다. 언덕 위의 아름다운 집과 요트로 가득 찬 항구 그리고 절벽 위의 웅장한 성벽, 은빛으로 반짝이는 에메랄드 빛의 아드리아 해가 여행자의 마음을 사로잡는다.

로크룸 섬 다녀오기

구 항구 앞에 있는 로크룸 섬(Lokrum Island)은 합스부르크가의 여름 별장이 있던 곳이다. 소나무를 비롯해 온갖 나무들로 무성한 이 섬은 요새와 식물원, 누드 비치 등이 있어서 두브로브니크 시민들에게 가장 인기 있는 휴양지이다. 섬 안에 있는 높이 91m의 요새에서는 두브로브니크의 성벽과 구시가지가 파노라마처럼 펼쳐진다. 구 항구에서 섬까지 페리가 수시로 운행한다.

골목의 노천카페에서 식사하기

두브로브니크 구시가지는 주 도로인 플라차 거리를 중심으로 크고 작은 골목들이 미로처럼 연결되어 있다. 그 좁은 골목마다 어김없이 레스토랑이 자리 잡고 있다. 두브로브니크 시민들은 뜨거운 태양을 피해 좁은 골목에 숨은 노천카페에서 식사하는 것을 좋아한다. 한 번 정도는 자신만이 알 수 있는 숨은 골목의 레스토랑에 앉아 그들의 삶 속으로 들어가 보도록 하자.

여행 정보
White

스페인 Spain

1. 카사레스 Casares

교통
말라가에서 버스를 타고 에스테포나(Estepona)까지 간 후, 그곳에서 다시 버스를 갈아타야 한다. 에스테포나에서 카사레스까지 매일 두 차례 버스가 운행하며 45분 정도 소요된다. 공휴일에는 운행하지 않기 때문에 가능하면 주말을 피해서 가는 것이 좋다.

숙소
마을에는 두 군데의 호텔밖에 없다. 마을 광장에 있는 펜션 플라자(Pension Plaza, ☎952 894 088)는 시설은 조금 떨어지지만 저렴해서 젊은이들이 선호하는 숙소이다. 펜션 플라자는 닫혀 있는 경우가 많은데, 펜션 주인이 광장 앞의 정육점을 겸하고 있기 때문에 그곳에서 알아보면 된다. 조금 고급스러운 곳을 원한다면 호텔 카사레스(Hotel Casares, ☎952 895 211)를 이용하면 된다. 별 두 개짜리 호텔로 깨끗하고 편안한 시설을 갖추고 있다. 골목에 있지만 워낙 작은 마을이라 쉽게 찾을 수 있다.

관광 안내소
마을 입구에서 에스파냐 광장 방향으로 조금 걸어가다 보면 왼쪽에 있다. 무료로 지도를 얻을 수 있으나 점심 시간에는 문을 닫는 경우가 많아서 그냥 지나치기 쉽다. 카사레스와 관련된 정보는 www.casares.es를 통해서 얻을 수도 있다.

여행하기 좋을 때
카사레스를 여행하기 가장 좋을 때는 4～10월이다. 이 기간 중에는 항상 청명한 날씨가 이어진다. 하지만 카사레스 인근의 코스타 델 솔은 7～8월에는 굉장히 많은 관광객이 몰려 모든 물가가 올라가니 그 기간은 피하는 것이 좋다.

그리스 Greece

2. 미코노스 Mykonos

교통
여름에는 아테네에서 하루에 몇 회씩 비행기가 연결되고, 유럽 주요 도시와도 전세기가 연결된다. 배는 아테네 인근의 피레우스 항구에서 고속 페리와 일반 페리가 매일 2～3회씩 연결되고, 5～6시간 정도 소요된다. 바람이 불면 배가 뜨지 않는 경우도 있으니 날씨가 좋지 않은 날은 미리 확인하는 것이 좋다. 페리 스케줄과 요금은 www.gtp.gr에서 검색할 수 있다.

숙소
미코노스는 그리스에서 가장 비싼 섬 중 하나이다. 따라서 숙박비도 꽤 비싸다. 특히 성수기인 6월 15일부터 8월 15일까지는 호텔비가 두 배 이상 비싸진다. 미리 숙소를 예약하지 않은 사람들은 항구에서 숙소를 소개해 주는 사람들을 따라가도 괜찮다. 저렴한 숙소를 원하는 사람들은 캠핑장을 이용하는 것도 좋다.

관련 웹사이트
그리스 정부 관광청에서 운영하는 웹사이트로 교통, 숙박, 식사, 투어 등 미코노스와 관련된 모든 정보를 얻을 수 있다.
www.greeka.com/cyclades/mykonos

여행하기 좋을 때
미코노스를 여행하기 가장 좋은 때는 6～8월 말이지만 이 기간에는 굉장히 복잡하고 물가 또한 비싸다. 5～6월 15일은 꽃이 만발해 풍경도 예쁘고 물가도 비교적 싼 편이라 여행하기에 적당하다.

포르투갈 Portugal

네팔 Nepal, 티베트 Tibet

3. 오비두스 Obidos

교통
리스본의 캄포 그란테(Campo Grande) 지하철 역 앞에 있는 버스 정류장에서 버스가 몇 차례 운행한다. 약 1시간 10분 소요된다. 버스 정류장에는 오비두스로 가는 버스 타는 곳이 잘 표시되어 있지 않은데, 역에서 나와 오른쪽으로 조금 돌아가면 버스 타는 곳들이 보인다. 그곳에서 테조(Tejo) 버스 스탠드를 찾으면 된다. 토, 일요일에는 오전에만 두세 편 운행하기 때문에 당일치기로 돌아보는 사람들은 버스 시간표를 잘 확인해야 한다.

숙소
성벽 내의 호텔보다는 성벽 밖의 호텔들이 저렴한 편이다. 경제적인 여유가 있다면 포사다 호텔(Pousada Do Castelo)에서 머물라고 권하고 싶다. 포사다 호텔은 포르투갈 정부에서 성이나 역사적인 건축물을 개조해서 만든 최고급 호텔 체인이다. 숙박비는 비싸지만 이곳에 머무는 것 자체가 특별한 경험이라 여행들에게 꽤 인기가 높다. 호텔 시설과 예약, 요금을 알아보고 싶으면 www.pousadas.pt에 들어가면 된다.

관련 웹사이트
관광, 역사, 이벤트 등 오비두스와 관련된 모든 정보를 얻을 수 있다. 영문으로도 소개되어 있다.
www.obidos.oestedigital.pt

여행하기 좋을 때
포르투갈은 유럽에서도 기후가 가장 좋은 나라여서 연중 언제 방문해도 좋다. 하지만 가장 좋은 날씨를 보이는 때는 봄인 5~6월과 가을인 9~10월이다. 이 기간에는 항상 맑고 청명한 날씨가 이어진다.

4. 히말라야 Himalaya

교통
티베트의 히말라야 베이스캠프는 네팔과 달리 차를 타고 갈 수 있다. 다만 베이스캠프를 가기 위해서는 중국 정부에서 발행하는 허가증이 필요하기 때문에 개인적으로는 갈 수가 없다. 가장 일반적인 방법은 라싸에서 여행사를 통해 허가증을 받은 후, 기사가 포함된 차량을 렌트해서 가는 것이다. 차를 타고 가는 동안 눈 덮인 히말라야의 비경과 티베트의 아름다운 풍경을 접할 수 있다.

숙박
베이스캠프에는 여행자를 위한 텐트가 여러 동 있다. 여러 명이 동시에 머물 수 있는 천막형 텐트로 가운데는 소똥을 피울 수 있는 난로가 준비되어 있다. 개인 텐트가 있는 사람들은 자신의 텐트를 이용하면 된다. 텐트를 칠 수 있는 공간은 충분하다.

고산병
베이스캠프에 가는 동안 고산병이 나타나는 경우가 종종 있다. 건강한 사람들은 대개 베이스캠프에 가는 동안 고소 적응을 하지만 만약 고산병 증세가 나타나면 즉시 낮은 곳으로 내려가는 것이 좋다. 고산 지대에서는 빨리 걷는 것보다는 천천히 걷고, 술과 담배는 멀리하는 것이 좋다. 그리고 물을 많이 섭취하는 것이 좋다.

여행하기 좋을 때
티베트에서 히말라야를 조망하기 가장 좋은 계절은 9~10월 초이다. 이 시기에는 하늘이 높고 맑은 날이 이어지기 때문에 히말라야를 깨끗하게 관찰할 수 있다. 10월 중순부터는 날씨가 꽤 춥기 때문에 완벽한 준비를 하지 않으면 캠프에서 머물기가 쉽지 않고, 여행자를 위한 텐트도 대부분 철수한다.

여행 정보
Green

1. 롱지티티엔 龍脊梯田

롱지티티엔 여행의 또 다른 즐거움, 용성(龍胜) 온천

롱지티티엔으로 가려면 용성을 거쳐야 한다. 계림에서 용성까지는 100km 정도 떨어져 있는데, 계림 버스 터미널에서 30분 간격으로 버스가 운행한다. 용성에서 다시 버스를 타고 50분 정도가면 롱지티티엔이 펼쳐진다. 롱지티티엔 여행의 관문 도시인 용성은 온천으로 유명한 도시이다. 롱지티티엔 여행을 마치고 용성에 들러 온천욕을 하면 금상첨화이다. 용성 온천은 깊은 산중에 있는 계곡 온천으로 16개의 샘에서 솟아난다. 온도가 45~58℃ 정도 되는 온천에는 칼슘과 마그네슘 등이 다량 함유되어 있어 건강에 아주 좋다고 한다. 물도 좋아서 온천욕을 하고 나면 손과 얼굴이 미끈미끈해진다. 온천뿐만 아니라 주변의 풍경도 매혹적이다. 산 중턱에 있는 계곡 호텔과 온천이 어우러진 풍경은 롱지티티엔의 다랑논이 보여 주는 풍경과는 또 다른 감동을 전해 준다. 이런 첩첩산중에 이렇게 좋은 온천이 있고, 또 훌륭한 시설을 갖췄다는 것이 쉽게 믿기지 않는다. 계곡에 호텔과 온천, 레스토랑이 모두 갖춰져 있어서 시간과 돈만 있다면 유유자적하며 먹고, 마시고, 쉬기에 딱 좋은 곳이다. 노천탕에 발을 담그고 깊은 산의 청명하고 맑은 공기를 마시다 보면 여행의 피로가 싹 사라지는 것을 느끼게 된다. 용성 온천은 최근 들어 우리나라 단체 관광객도 많이 찾는다. 용성 시내에서 온천으로 가는 버스가 수시로 운행된다. 다만 온천과 다랑논이 있는 방향이 반대라 한 번에 같이 돌아보기는 힘들다.

2. 플리트비체 Plitvice

교통

플리트비체 공원까지 크로아티아의 수도인 자그레브(Zagreb)에서 매일 10여 편의 버스가 출발한다. 자그레브에서 2시간 30분 정도 걸리는데, 버스에서 안내 방송을 하지 않으니 미리 기사에게 플리트비체에서 내려 달라고 부탁하는 것이 좋다. 플리트비체의 버스 정류장은 아주 작은 데다 숲속에 있어서 그냥 지나칠 수도 있다.
자그레브 버스 터미널 웹사이트 www.akz.hr

숙소

플리트비체 공원 입구 근처에 몇 개의 호텔이 있다. 좀 더 저렴하게 머물 수 있는 민박 마을은 공원에서 조금 떨어진 곳에 있다. 호텔에 머물면, 1일 입장권을 구입해도 호텔에 체류하는 동안은 계속 그 티켓으로 공원을 돌아볼 수 있다. 시간이 부족한 사람들은 민박보다는 호텔에 머무는 것이 더 효율적이다. 공원의 여행 안내소에서 호텔과 민박 관련 정보를 자세히 얻을 수 있다.

식사

공원 내에서는 마땅히 식사할 만한 곳이 없다. 레스토랑이 한 곳 있지만 비싸고 호수를 돌아보다 보면 식사 때를 놓치게 된다. 아름다운 공원 때문에 계획했던 시간보다 더 오래 걸리는 경우가 많으니 미리 물과 요기할 만한 것을 준비해 가는 것이 좋다.

여행 코스

플리트비체에는 여러 여행 코스가 있다. 각 코스는 모두 셔틀버스와 배를 이용해서 돌아보게 되어 있는데, 코스마다 펼쳐지는 풍경과 걸리는 시간이 다양하니 공원 입구에서 지도를 구입하는 것이 좋다. 16개의 상부 호수 쪽은 폭포가 많고, 4개의 하부 호수 쪽은 물이 맑으니 계획을 잘 짜서 돌아봐야 한다.

3. 더블린 Dublin

세인트 패트릭 축제의 유래

세인트 패트릭 축제는 5세기에 사망한 성 패트릭의 기일을 기념하는 날이다. 아일랜드에서 천 년 이상 전해져 온 명절이었던 세인트 패트릭 축제는 아일랜드 인들이 가난을 피해 신대륙 미국으로 건너가면서 세계적으로 알려지게 되었다. 아일랜드 이민자들은 고향을 잊지 못해 미국에서도 성 패트릭을 기념하는 행사를 열었다. 오늘날 세인트 패트릭 축제의 하이라이트로 여겨지는 퍼레이드가 처음 열린 것도 아일랜드가 아니라 미국이었다. 영국군에 복무하던 아일랜드 출신 군인들이 1762년 3월 17일, 뉴욕에서 최초로 세인트 패트릭 축제의 기념 행진을 했다. 이 퍼레이드는 미국에서 2등 국민으로 살아가던 아일랜드 인들에게 뿌리 의식과 고국에 대한 향수 그리고 단결력을 고취시키는 계기가 되었다.

그들이 점차 미국 사회의 주류로 뿌리내리면서 세인트 패트릭 축제는 민족과 종교를 떠나서 누구나 즐기는 축제로 자리 잡았다. 아일랜드 정부는 1990년대 중반부터 세계에 아일랜드를 알리는 수단으로 세인트 패트릭 축제의 대대적인 홍보에 나섰다. 그 결과 지금은 아일랜드와 미국뿐만 아니라 영국, 캐나다, 호주, 싱가포르, 일본 등 세계 각국에서 축제가 열린다. 심지어는 우리나라에서도 해마다 청계 광장과 이태원 등에서 세인트 패트릭 축제 행사가 열린다. 세인트 패트릭 축제는 한 나라의 고유 명절이 세계인들이 즐기는 축제가 된 거의 유일한 경우라 할 수 있다.

본고장 아일랜드에서 세인트 패트릭 축제를 즐기고자 하는 사람들은 한 가지 주의할 점이 있다. 축제 기간에는 수십만 명의 인파가 몰리기 때문에 예약 없이 갔다가는 호텔을 잡을 수 없다는 것이다. 노숙해도 좋다는 심정이 아니라면 꼭 예약을 하고 가는 것이 좋다.

여행 정보

Gray

1. 아바나 La Habana

아바나에서 꼭 해 봐야 할 네 가지

재즈 클럽 둘러 보기

흔히 재즈하면 미국의 뉴올리언스가 떠오르지만 아바나에서도 수준 높은 재즈를 접할 수 있다. 아바나의 거리 어디에서나 재즈 선율이 들려올 정도로 고급스런 아바나 클럽은 물론 웬만한 레스토랑에서는 모두 재즈를 연주한다. 쿠바 특유의 정열적인 리듬과 라틴 음악이 결부된 쿠반 재즈를 경험하는 것은 아바나 여행의 필수 코스이다.

시가 공장 방문하기

체 게바라, 카스트로, 윈스턴 처칠, 마라도나. 이들의 공통점은 모두 시가 마니아라는 점이다. 《톰 소여의 모험》으로 유명한 마크 트웨인은 이들보다 한술 더 떠서 "천국에 시가가 없다면 나는 그곳에 가지 않겠다."고 말했다. 쿠바는 시가의 나라이고, 특히 아바나에서 생산되는 시가는 최고의 명품으로 꼽는다. 아바나의 시가 공장들은 최상의 담뱃잎을 이용해 일일이 손으로 시가를 만드는데, 시가 공장을 방문하면 그 과정을 자세히 관찰할 수 있다. 아바나에는 여러 곳의 시가 공장이 있으며, 약간의 입장료를 내면 가이드 투어를 할 수 있다.

말레콘 해안 거닐기

말레콘을 거닐며 아바나 시민들의 소소한 일상을 관찰하는 것은 아바나를 이해하는 가장 좋은 방법이다. 아바나에 머무는 동안 꼭 한 번만이라도 말레콘 전 구간을 걸어 보도록 한다.

다양한 교통 수단 타 보기

아바나는 세계에서 가장 흥미로운 교통 수단이 있는 도시 중의 하나이다. 골동품을 연상케 하는 클래식 택시를 비롯해서 코코 택시, 오토바이 택시, 트럭을 개조한 낙타 버스, 마차 등 관광객을 유혹하는 교통 수단이 많다. 1950~60년대에 만들어진 클래식 카를 타고 말레콘의 해안 도로를 달리다 보면 영화의 주인공이 된 것 같은 착각에 빠지게 된다. 재미있는 것은 이 클래식 카들이 전부 미국산이라는 것. 원산지인 미국에서도 더 이상 찾아보기 힘든 포드, 시보레, 뷰익, 캐딜락, 다지, 크라이슬러, 카이저, 링컨 등 다양한 종류의 클래식 택시가 있다.

445

영국 England

터키 Turkey

2. 에든버러 Edinburgh

에든버러에서 꼭 해 봐야 할 네 가지
펍에서 술 마시기
에든버러는 펍의 도시이다. 에든버러 시민들에게 펍은 단순히 술을 마시는 공간이 아니라 삶의 희로애락이 담겨 있는 흥겨운 문화 공간이다. 하루 여정을 마치고 펍에 들어가 현지인들과 술잔을 부딪치며 수다를 떨다 보면 행복한 기운이 절로 생겨난다. 라이브 음악을 연주하는 펍이라면 더욱 좋은 추억을 얻을 수 있다.

에든버러 페스티벌 보기
에든버러가 가장 아름다울 때는 에든버러 페스티벌이 열리는 8월이다. 세계 최대의 문화 축제 중 하나인 에든버러 페스티벌은 연극, 음악, 무용, 공연 예술, 미술 등 다양한 장르에 걸쳐서 펼쳐진다. 8월의 한 달 내내 프린지 페스티벌, 재즈&블루스 페스티벌, 국제 책 페스티벌, 국제 영화 페스티벌, 밀리터리 타투 페스티벌이 동시에 펼쳐진다. 한마디로 8월의 에든버러는 세계의 문화 수도라 불러도 손색이 없을 정도이다.

스카치위스키 투어하기
스코틀랜드는 스카치위스키의 본고장이다. 위스키를 빼놓고 스코틀랜드 인들의 문화와 정서를 이해하기는 쉽지 않다. 스코틀랜드는 맑은 물과 공기로 인해 세계 최고의 위스키를 만들어 내는 증류소가 꽤 많다. 에든버러 시내에는 증류소가 없지만 관광 안내소에 문의를 하면 에든버러 인근의 증류소를 자세히 설명해 준다. 보리가 넘실대는 들판부터 증류 과정, 각 브랜드의 특징까지 살펴보다 보면 위스키의 매력에 흠뻑 빠지게 된다.

프린세스 스트리트 공원에서 휴식하기
시민들에게 휴식과 추억을 만들어 주는 이 공원에서 에든버러에 다시 찾아올 그날을 기대하며 자신만의 추억을 만들어 두도록 한다. 나만 알 수 있는 공간에 타임캡슐을 묻어 두거나 소원을 담은 쪽지를 숨겨 두는 것도 좋다.

3. 이스탄불 Istanbul

이스탄불에서 꼭 해 봐야 할 네 가지
벨리 댄스 보기
벨리 댄스는 이스탄불의 밤을 수놓는 최고의 오락 프로그램이다. 벨리 댄스가 도시에서 발전한 춤인 만큼 터키에서 이스탄불만큼 벨리 댄스를 보기에 좋은 도시는 없다. 전통 악기의 반주 음악과 함께 배꼽을 내놓은 미녀가 관능적인 춤사위를 보이는 모습은 이슬람권 국가에서 좀처럼 보기 힘든 풍경이다. 이스탄불의 전망을 한눈에 내려다볼 수 있는 갈라타 타워의 레스토랑에서 본다면 금상첨화이다.

보스포러스 해협 크루즈하기
흑해와 에게 해를 연결하는 보스포러스 해협을 끼고 있는 이스탄불의 진면목을 살피기에 가장 좋은 방법이다. 배를 타고 보스포러스 해협을 유람하다 보면 육지에서는 볼 수 없는 풍경이 펼쳐진다. 돌마바흐체 궁전과 별장, 성곽 그리고 이스탄불의 스카이라인이 파노라마처럼 펼쳐진다. 일몰 시간에 맞춰 배를 타면 석양에 빨갛게 물들어 가는 이스탄불의 환상적인 모습을 볼 수 있다.

카리예 박물관 둘러 보기
이스탄불을 여행하는 사람들 중에 카리예 박물관을 찾는 사람은 많지 않다. 그 이름을 아는 사람조차 많지 않다. 5세기에 성당으로 세워진 후, 모스크로 이용한 이 박물관은 후기 비잔틴 시대의 걸작으로 꼽히는 곳이다. 비잔틴 시대의 모자이크와 프레스코 화로 가득찬 이 박물관은 이스탄불의 숨겨진 보석과도 같은 곳이다.

고등어 케밥 먹어 보기
터키를 대표하는 음식인 케밥은 이젠 세계 어디서나 맛볼 수 있다. 하지만 에미노뉴 선착장 앞에서 파는 고등어 케밥은 이스탄불이 아니면 맛볼 수 없다. 고등어를 석쇠에 구워 바게트 빵에 넣고, 상큼한 레몬과 소금을 뿌려 먹는 고등어 케밥은 맛이 일품이다. 아름다운 보스포러스 해협과 이스탄불의 풍경이 같이 곁들여지기 때문에 그 맛이 더욱 인상적인지도 모르겠다.

여행 정보

Blue

1. 지우자이거우 九寨溝

지우자이거우 인근의 또 다른 비경, 황롱(黃龍)

지우자이거우에서 100km 떨어진 곳에 황롱이 있다. 지우자이거우에 들렸다가 황롱을 보지 않고 가면 한 폭의 수채화를 그리다 만 느낌이 든다고나 할까? 그만큼 황롱의 경치는 독특하다. 석회암 지대에 에메랄드 빛의 물이 층층이 고인 모습은 자연의 신비로움을 그대로 보여준다. 황롱 매표소를 통과하면 처음에는 평범한 오솔길이 이어지다가 얼마 안 가서 영빈채지(迎賓彩池)가 나온다. 황롱후스(黃龙后寺) 뒤편에 위치한 이 연못은 400여 개의 크고 작은 채지(彩池)로 구성되어 있는데, 그 아름다움은 황롱의 채지 중 으뜸이다. 영빈채지에서 조금더 올라가면 금사포지가 나온다. 지세가 가파르고 물이 흐름이 급하며 물빛이 겹겹이 엉겨 붙은 연황색의 침전물이 마치 황롱의 등과 허리에 덮인 갑옷을 연상케 한다. 황롱은 해발 4,000m가 넘는 고산 지대라 이쯤 가면 호흡이 가빠지고 걷기가 힘들어진다. 관광객 중에는 준비한 튜브의 산소를 들이마시며 가마를 타고 올라가는 모습도 종종보인다. 가쁜 숨을 몰아쉬며 꼬박 2시간을 걸어서 황롱구스(黃龙古寺)에 도착하면 꿈같은 풍경이 펼쳐진다. 하늘색 빛을 발하고 있는 계단식 연못과 황롱구스의 아름다운 조화가 눈앞을 가득 메우고, 뒤로는 만년 설산의 굽이치는 능선이 끝없이 이어진다. 지우자이거우와는 또 다른 느낌의 신비한 풍경이다. 백문이 불여일견이라고 지우자이거우까지 왔으면 꼭 황롱도 들러 보도록 하자.

2. 조드푸르 Jodhpur

조드푸르에서 꼭 가 볼 만한 곳

메헤랑가르 성

조드푸르에서 가장 확실한 존재감을 보여 주는 이 성은 조드푸르의 상징이라 할 수 있다. 시내에서 120m 정도 솟아 오른 절벽 위에 자리하고 있으며, 인도에서 가장 웅장한 규모를 자랑한다. 조드푸르를 찾는 관광객은 모두 이 성을 보러 왔다고 해도 과언이 아닐 정도이다. 성에서는 조드푸르에서 가장 멋진 경관을 볼 수 있는데, 영화 〈김종욱 찾기〉에서 주인공 지우(임수정)가 도시를 내려다보는 장면이 이 성의 포대에서 촬영한 것이다. 현재는 박물관으로 이용되고 있으며 입구에서 한국어로 된 오디오 가이드도 빌릴 수 있다.

우마이드 바완 궁전

인도에서 가장 다채로운 볼거리를 자랑하는 라자스탄은 왕들의 땅이라 불린다. 우마이드 바완 궁전은 1929년 당시 27세였던 마하라자 우마이드 싱이 영국인 건축가의 설계로 만든 개인 저택이다. 개인 집으로는 세계 최대를 자랑하는 건물로 20세기 초반의 인상적인 건축물 중 하나로도 꼽힌다. 기근에 허덕이는 백성들을 구제하기 위해 지었다는 옹색한 변변거리를 갖고 있는 이 궁전은 현재 최고급 객실이 있는 호텔과 귀중한 미술품들을 전시하는 박물관으로 이용되고 있다. 인도에서 가장 사치스럽고 호화로운 궁전 중 하나로 손꼽히는 이 궁전은 세계적인 명사들이 머문 곳으로도 유명하다. 관광객에게 호텔은 개방되지 않지만 박물관은 개방된다.

사다르 바자르

조드푸르의 중앙 시장에 해당하는 곳이다. 언제나 수많은 사람으로 북적대는 시계탑 주변에 형성되어 있는 이 시장은 채소와 생필품, 향신료, 옷 등 없는 것 빼놓고는 모두 파는 곳이다. 가난하지만 삶의 뜨거운 열기로 가득찬 시장을 돌다 보면 조드푸르의 진면목을 느낄 수 있다. 시장 중앙에 위치한 시계탑 뒤의 문으로 들어가면 조드푸르의 명물인 오믈렛 집이 나온다.

3. 쉐프샤우엔 Chefchaouen

교통

우리나라에서 모로코까지 바로 연결되는 항공편은 없다. 쉐프샤우엔으로 가는 가장 편리한 방법은 일단 탕헤르까지 간 후, 그곳에서 버스로 갈아타고 가는 것이다. 런던이나 스페인, 파리 등에서 탕헤르로 연결되는 항공편은 많다. 스페인에서 배를 타고 탕헤르까지 간 후, 버스를 이용하는 방법도 있다. 모로코 현지에서 갈 때는 탕헤르나 페스에서 버스를 이용하면 된다.

비자

우리나라와 모로코는 비자 면제 협정이 맺어져 있어서 3개월간 무비자 입국이 가능하다.

여행하기 좋을 때

11~3월은 우기여서 비가 많이 내린다. 여행하기 가장 좋은 계절은 봄에서 가을까지. 봄과 가을은 항상 맑은 날씨를 보이고, 여름에는 낮에는 꽤 덥지만 밤에는 비교적 시원하다. 여름에 여행할 때는 자외선 차단제를 필수로 준비하는 것이 좋다. 부활절이나 크리스마스 시즌에는 스페인에서 많은 여행자들이 몰려오니 그 기간은 피하는 것이 좋다.

트레킹

쉐프샤우엔은 리프 산맥에 둘러싸인 도시라 트레킹 코스가 많다. 따로 정해진 코스가 있는 것은 아니지만 메디나에서 서너 시간만 걸어가면 훌륭한 경치를 감상할 수 있다. 아무리 가벼운 트레킹이라지만 물과 간단한 먹을거리를 준비해 가는 것이 좋다. 치안이 나쁜 곳은 아니지만 여자 혼자라면 너무 멀리 가지 않도록 한다.